蠹鱼书坊出品

蠹鱼文丛

书名题签：集文徵明《小楷落花诗卷》
封面插图：董邦达《西湖十景图》（局部）
策划组稿：夏春锦
周音莹
篆　　刻：寿勤泽

子张 著

入浙随缘録

浙江古籍出版社

图书在版编目(CIP)数据

入浙随缘录 / 子张著 . — 杭州 : 浙江古籍出版社，2018.5

（蠹鱼文丛）

ISBN 978-7-5540-1268-0

Ⅰ. ①入… Ⅱ. ①子… Ⅲ. ①杂文集 — 中国 — 当代 Ⅳ. ①I267.1

中国版本图书馆CIP数据核字（2018）第120780号

入浙随缘录

子张　著

出版发行　浙江古籍出版社

（杭州市体育场路347号　邮编：310006）

网　　址　www.zjguji.com

责任编辑　路　伟

文字编辑　张　莹

整体装帧　刘　欣

责任校对　余　宏

责任印务　楼浩凯

照　　排　浙江时代出版服务有限公司

印　　刷　绍兴市越生彩印有限公司

开　　本　787 mm × 1092 mm　1/32

印　　张　8.875　　插　　页　4

字　　数　150千字

版　　次　2018年7月第1版

印　　次　2018年7月第1次印刷

书　　号　ISBN 978-7-5540-1268-0

定　　价　36.00元

如发现印装质量问题，影响阅读，请与市场营销部联系调换。

2014 年 5 月 24 日，作者在桐乡乌镇修葺一新的木心故居内。

2014 年 9 月 26 日，96 岁吕剑在子张带去的《诗歌初集》上题签。

2014 年 9 月 27 日，云水山房访邵公。

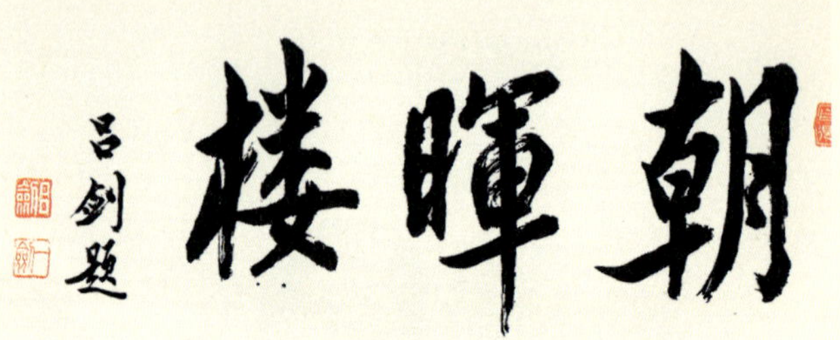

2003 年春，作者移居杭州朝晖六区，
诗人吕剑特为题赠“朝晖楼”以贺。

冰心为子张诗集《此刻》题字。

自序

入浙随缘录。五个字，三层意思。

先说“入浙”。北人南下，南人北上，代有其人，或大规模移民，或小范围征调，或个体性求学、打工、闯天下，从不鲜见。我四十出头由鲁入浙，不过是想通过换换环境而换换风味：地理的，文化的，还有心理的。一方水土一方人，水土相异，人文有别，“橘生淮南则为橘，生于淮北则为枳”。淮南有淮南的好，淮北有淮北的好，橘可食，枳入药，各有其用，此之谓风味。

入浙数年后，曾有句云：

钱塘留我方七岁，君住钱塘已十年。
湖畔观鱼植杨柳，学堂论道辨愚贤。
一朝兄弟相酬唱，几度舟车共往还。
更乞沙堤春色好，月轮常向故人圆。

到今日，入浙整十六个年头，当时的“新南下干部”，是否早已入乡随俗、乐不思鲁？惟余自问。

次说“随缘”。缘有多种，人缘，书缘，草木缘，不一而足。近年作“入浙随缘录”零碎札记，本有人、书、茶、美食、花木、行旅之分，而以书缘所记稍详，收入此书者即多为书缘，间以人缘与行旅缘，其他种种缘，当另寻机会集拢。

最后说“录”。既入浙，又结缘，择其有趣有味者录之，想必亦是有趣有味的。故书缘、行旅缘之外，另有长长短短各色文字收入此集。只不过编集时有一个调理思路的过程，这里也交代几句。

我早有编一本《入浙随缘录》的想法，恰好桐乡夏春锦先生要张罗“蠹鱼文丛”，邀我加盟，乃遵嘱于去年年初理出一个选目。无奈仓促之下，思路似欠清晰，编出的目录也就潦草，搁浅怕是必然的，结果便错过了第一辑。至下半年重新应邀编选，思路清楚些了，大致以 2015 年、2016 年的随笔为主，内容上也抛开了必须是“浙人浙书”的原初想法。盖“入浙随缘”者，主体当然还是作者自己，这样，只要是入浙以来所结人缘、书缘以及种种缘，皆在可录之列。选目编好，呈送春锦先生转出版社，不久接到通知，云已获通过，但也提出了新的调整建议，认为按写作时间分辑不若还是按内容分辑更醒目，我以为甚有道理，接受了。寒假一开始，便在忙完阅卷、登录成绩这些时间性极强的事情之后，用了两三天时间重新编选、分辑，结果是：原来的三辑变成了现在的四辑，多出一辑“木心”专题，又以内容分辑，呼应书名中的“录”字，分别为“逢人录”、“闻铎录”、“览书录”和“行脚录”。“逢人录”侧重写人，十四篇，涉及十四位中外文化人物，其中以现当代文学家居多；“闻铎录”乃为专写木心的六篇，记得木心解释自己的笔名，有“木铎之心”一语，因以“闻铎”名之；“览书录”则侧重书缘，得十一篇；最后一辑为“行脚录”，多写旅途和旅途中的见闻，得十篇。入浙以来，所走的地方当然并不限于文中所记，但去过并不一定非写不可，缘分不到，自然写不出或写不好，这是勉强不来的。

最后，谢谢浙江古籍出版社寿勤泽社长和责任编辑的热情、认真！谢谢春锦先生、音莹女士的细心筹划！特别谢谢春锦先生为拙集赐写跋语！此书之编选问世，实乃春锦先生促成，恳请其撰跋，亦属理所当然，只是无端加重其负担，又觉不忍。整整四年前，修葺一新的木心故居开放前一日，我携无锡一位书友赴春锦之约，细细观览了同时作为纪念馆的故居，还与在现场“监工”的丹青先生聊了会儿天，度过了美好的乌镇一日。此前此后的另外两次桐乡木心之旅，亦皆出于春锦安排，想到我们是如此熟稔，如此“木心”，也就释然。那么，客气话还是少说几句吧。

2018 年 6 月 2 日，子张于杭州午山

目录

001 自序

001 逢人录

003 初访半分园

011 半分园主人的友情诗

017 吴冠中：艺境与情怀

020 戊辰夏，初访牛汉

024 艾芜，久违了

028 长沙三老小记

035 不一样的杜衡

038 韩羽《读信札记》一则

041 蕾切尔·卡森

043 “总之来信必复”

——叶圣陶 1976 年日记片断

046 送别杨绛先生

050 乐读流沙河

054 近志摩

057 张爱玲：一轮瘦不下去的月亮

061 闻铎录

063 近木心

——木心五周年祭

071 “一个字一个字地救出自己”

——木心·文学·自我救赎

087 “我不再良善到可耻了……”

——《同情中断录》释读

092 木心：中国文学局外人？

097 木心诗集六种札记

114 木心印象答问

117 **览书录**

119 旧文两篇

125 《读书》“编辑室日志”

129 诗文评与书话体

137 《桐荫话书》小引

142 《周作人书信》毛边本

145 《老照片》与《老漫画》

149 《此刻》自序

153 《历史·生命·诗》题记

158 《辞海》情缘

162 殷海光《中国文化展望》“出版说明”

164 入浙随缘录

193 **行脚录**

195 车窗外的云南

211 一块石头 两个半天

214 桐乡寻踪

221 飞临日本

228 台北四日行

236 京城四日小记

252 从南京到天津

258 那年

261 虚实雁荡山

266 七月甘旅

272 《入浙随缘录》跋

逢人录

初访半分园

约在两年前，我第一次进北京，便去城西一片楼群的深处，拜访前辈诗人吕剑先生。

虽是初晤，但我并未感到陌生或忐忑，诗人也恰如平日的想象：完全是一位朴厚、慈蔼的温厚长者。柔和的面部轮廓，满含笑意的真诚的目光，只是黑发却已显得稀疏了……这使我想到岁月的艰辛。

诗人很高兴，引我去他小小的工作室（也是客室），叫来热情的宗珏先生向客人介绍，自己则忙着去沏茶：迈的是舒缓的老年人的步伐，脚上是一双老人们穿的中式黑棉鞋……

初识吕剑，当是在上世纪80年代第一春吧。因为爱诗，我遂在三大册的《新诗选》中精选十数首，其中便有吕剑写于40年代的《创造》。但当时吸引我的乃是这首小诗的玲珑、新鲜和蕴含的生存哲理，对作者则是一无所知。随后即在《诗刊》读到了他复出后的诗作《一觉》《回答》和《笑容》，深深的激情和酣畅的节奏引发我心灵的震颤。在一种渴望交谈的冲动中，我发出了给诗人的第一封信。

现在坐在诗人的家里，柔和的阳光透过窗玻璃，照在洁净光亮的写字台上，一东一西两架书橱默默地陪着主人。四壁皆白，唯写字台左侧墙上悬一幅工整的小楷，是诗人自己的手笔。我想，诗人的书斋“半分园”虽小，却是一块绿洲，进入晚年之后，我们的诗人还能艰难而又快乐地耕耘、播种和收获吧？

诗人并没有讲述他个人的遭际，却满面微笑地提起了刚刚开过的一次作协会议，认为这次会议的气氛不错，似乎预示着文学事业或将开始一个健康的发展。我不由想到眼前这位老人青壮时期的风采，同时也想到他与祖国一起受难的岁月，想到他二十年间如何遭逢网罗、如何被发配塞上，又如何在狂热却又严寒的日子里被摔断了琴弦，默默地忍受着难言的孤独。从共和国成立到1957年上半年间，吕剑是兴奋而勤奋的，诗人前期任职于《人民文学》，1956年秋冬，又参与筹备《诗刊》。这期间他南下江汉，北上内蒙古，出版、编订了五本诗集。假若这种天朗气清的日子能保持得更为长久一些，则我们的国家、我们的诗人又该会呈现出多少崭新的风貌！

然而正如诗人二十年后自己所说：“阳谋”既来，百花其萎。《诗刊》既不能揪着自己的头发离开多事的地球，一个与民族共忧患的诗人又如何能超然物外？终于在愈喊愈高的“反右”声中，吕剑与艾青便一起被免去“编委”之职，然后“发配”。艾青去北大荒，吕剑去塞上……当我提到这些痛苦的往事时，内心是沉重的。这并非仅仅是替诗人抱不平，个人的荣辱得失是次要的，国家与民族的顿挫、伤痕却刻骨铭心。如何让我们多难的民族彻底挣脱旧的枷锁？如何让我们的人民满怀青春地走向世界？又如何让我们的诗真正成其为“诗”？正如诗人说的：“重要的是从历史中引出应有的教训！并且不要再那么轻易地忘记！任何时候都应当保持诗的好名声。”我们多么需要诗人的勇敢和真诚啊！

相信二十年决没有白过，
不能只看经历了多少顿挫。
额上增添了几重沉思的皱纹，
因袭的古堡就是攻破了几座。

只有在这时，我才感到吕剑依然年轻，依然富有青春的活力。岁月转瞬即逝，生命之树常青。从北京归来，即在《人民日报》八版的一角读到了他的《夸父》。诗乃“有感而作”。吕剑将神话中的夸父按照自己的理解与希望重新塑造，夸父并没有弃杖而死，而是追上了太阳，血肉化为新的太阳的一部分，使之成为“我们伟大民族和人民的一种富有浪漫色彩的英雄主义精神”的象征。作者是富有社会感的，《夸父》当然也不是为诗而诗的产物，诗人后来反问：“倘不是活于今日，受到某种新的启示，我能出现这种构思吗？它也多少从一个方面折射出了某种时代色彩吧？”

其实先此几年，吕剑就与艾青一起“归来”了。艾青把包括《光的赞歌》在内的几十首生命换来的诗编集为《归来的歌》；吕剑则在短短三年内写出了总数超过1949—1957年间的诗作，连同以前之作，编选出版了《吕剑诗集》，还写了许多颇有锋芒的杂文，与另外一些抒情散文一起汇成《一剑集》出版。吕剑并非武士，但这些杂文锋芒之利，议论之精深却可以振聋发聩。和他此时的诗一样，诗人由50年代“幻美”的抒情一转而为对现实和历史沉痛而深入的反思。我感到吕剑二十年的岁月的确没有“浪费”，他写出了自己一生中最富有社会意义，对时代、对读者最富有反思价值的作品！

而且，就在这次倾谈之后，诗人飞越地球上最高的大山，来到了热情却又受着战争威胁的巴基斯坦，之后又去喜马拉雅山南麓的尼泊尔。在异国的土地上，诗人当然难免祖国之思，但一个胸襟阔大的诗人是能够爱祖国也爱人类的，吕剑又一次触发灵感，抒写了超越一己、更为广阔深厚的情怀：

四海皆属兄弟，
爱情无不相同，
纵然远隔千山万水，
人民总是命运相通。

在初稿于伊斯兰堡、定稿于加德满都的《邻居》一诗中，当叙述了村中人亲密、友好的往来之后，诗人写道：

地球应当像是一个村子
不过住着百多户人家，
家家都能鸡犬相闻，
彼此都应肝胆相照。
是啊，地球应当像是一个村子。

《邻居》表达了诗人对人类命运的深切关注，这首诗正好可以献给“国际和平年”。

那么，这是不是标志着诗人的视野进一步开阔、从而进入一种更高的境界了呢？或者说，它本来就是诗人爱心的另一个层面、另一种表现？

浓香的热茶温暖着身子，窗外的太阳渐渐当头，所喜并没有别人来打断我们的倾谈。吕剑先生出语温和、轻松，普通话里仍时时夹带某些莱芜口音。莱芜是古时齐鲁之间的缓冲地带，吕剑的家乡正在长勺之战的故地。记忆犹如扎在地下的草根，此时又吐出缕缕青绿，诗人谈起他儿时攀过齐长城之侧的青石关去博山读书的往事，语调里充满温馨。后来初中毕业，诗人终于走出贫瘠的故土，告别终年劳累辗转于泥色之梦的父母兄弟，来到济南当话务员。但当卢沟桥的枪声惊破了中国迷乱的梦境，翩翩少年便拔剑而起，踏上了流亡抗敌的人生大道。读着新老诗人讴歌神圣战争的诗章，吕剑也开始了自己的吟唱。一首《大队人马回来了》使众人频频注目这位青年诗人，正在流亡道上颠沛流离的李广田在《新华日报》上读了这首诗，特意在日记中记下，觉得“甚可读”。

从那以后，他或者以诗当剑，或者刻写故乡人的劳苦与坚毅，或者预言民族解放的欢欣，最后用诗迎来了共和国的建立。

半个世纪弹指一挥，足迹清晰而又沉重。当诗人回顾这些往事的时候，心里在起伏的该是一种怎样的波澜呢?

我还记得那天午餐时的情景。大家都坐下了，吕剑却好像又想起了什么，回转身从客厅拿过客人带来的“莱芜煎饼”，一一分给在座的亲朋，自己更是嚼得津津有味，像朝晖一样温煦的脸上现出隐隐的幸福感。我想：小米煎饼的香甜，大概也只有赤子之心能够品味得出吧?

在恋恋不舍中离开“半分园”已是下午两点多钟。北京的冬天是寒冷的，但那天的阳光异常饱满，西北风也并不寒冽刺骨。我轻松地走在北京的大道上，心里设想着再度的造访也许并不遥远。

那正是牛年春节期间，大年初二，吕剑先生已满六十六岁了。

1987 年 9 月于泰山

附记：

时间又过去了两年，《初访半分园》应当算是旧作了。

但是文中所述的初次拜访吕剑先生的情景，今天仍历历在目，清晰得很。那是 1985 年春节，我首次进京，心头洋溢的始终是有点近乎神秘的激动。在走街串巷，领略着早在梦里就觉得温馨的京华风情之余，我造访了已经六十六岁的吕剑先生。记得诗人听到故乡的消息时，似乎一时年轻了许多呢！

去年夏天，我在北京又一次拜望了吕老。而这次相见，却是在积水潭医院的病房里，我生怕过多的谈话使诗人疲劳，稍待片刻即匆匆告退。第二天与牛汉先生谈到吕剑，他颇多感慨，对吕剑的病况很为关切，说要抽时间去看看吕剑，并建议他写一点回忆录……

现在，诗人听说《探海石》创刊，深为故乡文学的发展高兴。

《晨雾》是刚刚寄来的极富乡土情趣的抒情诗，诗人自己说：“这是一幅淡淡的素描，我是想讴歌春天的到来，以及对于生活的爱……”而今年吕剑将步入古稀高龄，让诗人的作品与故乡父老相见，应当是件令人愉快的事。同时，我把这篇旧作拿出来遥祝老人家长寿，而七十岁的诗人吕剑先生，相信在新的春天里，一定会写出更多更美的诗章吧。“大雨大雾之后，必有一个好晴”，为此，我为诗人祈祷。

1989年4月5日补记于济南山东师大

半分园主人的友情诗

人在旅途，乐多嘉友。陶潜有诗："出门万里客，中道逢嘉友。未言身先醉，不在接杯酒。""嘉友"，当然既非浮云阵雨式的泛泛之交，更非四海奔驰的名利之徒，而应是可以鉴得失、去恶疾、知冷暖的莫逆。或者如当代诗人吕剑在《故人》一诗中所云，是在风雨如晦的逆境中"来扣我们的门，走进我们窄而霉的屋子，坐到我们的床沿上，把温暖的手递给我们，亲近我们幼小的一代，并饮上我们一杯开水"的刚正高洁之士。

的确，对于身寄京华，终年在小小"半分园"播种韭豆和诗章的吕剑先生来说，风雨中结下的友情是难得的、珍贵的。他感受过不少这样的友情，同时他自己又常给风雨中的友人送去灯盏一样的情谊。

癸酉正月，我又一次来到老诗人家中，又有了一次愉快的长谈。吕剑先生很高兴地告诉我："你知道吗？艾青的文集印出来了，有五大卷呢！"说着从书柜里取出老朋友题赠的五大本书，一卷一卷地给我翻看书中的照片，其乐融融的表情里有对老朋友由衷的祝贺和关心。我不知吕剑和艾青何时相识，却知道他们是在共和国成立后共同的遭遇和困境中成为知交的。当艾青在春寒料峭之季带着眼疾暂回北京治疗时，一些所谓的老友只以装聋作哑印证了“多病故人疏”那句老话，而另一些人却冒着许多难以逆料的风险登门造访。吕剑就是在此时和艾青“重逢”的，吕剑这样描述他们的见面：“有人说，‘久别重逢’，一定欢欣若狂。但奇怪，我这时的感情却并没有人们通常所应有的那么激动，我看艾青大概和我也差不多。或许，历尽沧桑，感情变得有些粗糙了吧？或许，人生若梦，重逢也不过如此吧。因此，我们一握一抱则有之，但热泪沾巾则未有。”不过，在这平静的相逢中，彼此的友情却暗暗地升华为更多的信任和理解。当艾青《归来的歌》即将出版时，吕剑欣然提笔，先有《艾青〈归来的歌〉书后》为诗集压卷，继而又撰文《写于〈艾青《归来的歌》书后〉之后》，对艾青一生作出了深情却又理性的评价。他说：“艾青没有虚掷年华，他的精神境界就是从这二十年的忧患、炼狱中得到升华的。他经受了考验，老而弥壮。”我想，若是没有彼此深厚的情谊作依托，又怎能发出这样的知音之论？后来吕剑还写过一首《寄艾青》的五言诗，表达对这位老友的祷祝：

长沙赋鹏鸟，世人重贾生。
迁客半为鬼，唯公尚崚嶒。
归来头犹在，两鬓半星星。
喜公如姜桂，文章老更成。
风骨何矫矫，诗坛推典型。
四凶今既灭，气运逐日兴。
合当重抖擞，振笔走雷霆。

也许是巧合，这次和吕剑先生所谈，大都围绕他与友人的交往。他说最近牛汉老友和他有过一次愉快的通信，已抄出来寄给《随笔》杂志，同时又给《诗刊》寄去一首题为《雪访》的抒情诗。《雪访》底稿尚在，我有幸先睹。在这首诗里，诗人用复沓的调子，反复渲染一种相互交织着的心境：一方面诗人忧虑着那些因大雪压顶而可能倾折的竹林，另一方面则是访友不遇带来的惆怅和忧思。令人欣慰的是，大雪虽猛，坚韧的竹枝却依旧修然挺立，而且“青松挂雪，长枝低垂，雪朵徐坠，风来轻盈。突见雪光中一枝寒梅初绽，水晶世界中透出一点新红”。伴随着雪景的喜人，诗人也精神振作，寄语朋友：

我本来和你相约，和你相约，
明年远行，等到冰化雪消，
明年远行，等到柳绿花明。

不，且快打点行装，且快趁此兴浓，
向远山，向广原，向大海，
迢迢万里待征，首首新诗待成。

吕剑先生还向我“透露”了《雪访》一诗的“本事”：1980年冬天，他和老友、诗人陈次园结伴去中央人民广播电台宿舍寻访诗友邵燕祥。但人未找到，诗意却自心底萌发，两年之后，待到这友情已发酵成浓浓的酒浆时，《雪访》也遂告完工了。

像古代许多重视友情的诗人一样，吕剑写过不少赠答朋友的诗作。不过，他的友情诗并不是抽象地申述“友情”的哲理内涵，而只注重与知友相处相得的那种从容平淡的过程。陶潜另一句诗“闻多素心人，乐与数晨夕”，我想此中境界，大约就是半分园主人所殷殷以求的吧？

吕剑和牛汉的通信不久就发表了，牛汉在致吕剑的信中说：“我常常在心里祝愿你长寿”，“真希望你在体力可以支持的情况下，能写点散文、杂文之类，有时候写作也能强化人的精神，使生命得到解脱和升华，千万不能辜负了朋友们对你的期望……”其语谆谆，十分感人。在这次通信中，两人除互致慰问外，主要谈了散文写作的问题。由牛汉，吕剑又谈到了老诗人苏金伞。十年内乱结束后，苏金伞来到北京，特别造访了吕剑，二十多年不见，一见之下，其感慨可知。那次一同相见共饮的还有另一位老友荒芜，也是上世纪50年代被打成“右派”的，他的“纸壁斋”和吕剑当时的东城寓所“小宜斋”相距很近，时相过从。而苏金伞曾向人表示，他“在北京有两个好朋友，一个是牛汉，一个是吕剑”。他们这种交谊，不仅在于艺术上的互相欣赏，恐怕主要还在于真理上的同道，而且命运与共、肝胆相照而又始终不渝吧？事后吕剑赠给苏金伞一诗，诗曰：“廿年断音问，传言频惊心。或云君已殁，或云祸相寻。欲访山风急，欲探河水深。孰料忽相逢，恍隔阳与阴。惊定更审视，欲语难为音。会面诚不易，良宵值万金。有杯莫停举，洒泪共沾襟。幸君尚善饭，气骨尤岑嵚。晨鸡催残夜，起舞动高吟。”

吕剑还有一首《感遇》，是写给新文学史家李何林的。此诗淋漓酣畅，感慨亦深：

我有同心友，结交三十春。
十春或一见，一见倍情亲。
不因某负俗，轻之如路尘。
不因某迍邅，避之以保身。
视彼下石者，感慨难具论。
谁谓鲍管交，于今无与伦。

吕剑还在给我的信中进一步申述过他与李的交情：“我与李公何林，1944年订交于昆明，情深谊厚，直至其去世，几十年如一日。不论分处两地，还是同居一城。当我带上右派帽子，下放塞上劳动改造，或在‘文化大革命’中住牛棚、挨批斗，他都不避风险和嫌疑，来北京东城看我的家，给我精神上的支持和经济上的帮助。《故人》一诗就是写给他的，可惜当它发表时，他已去世，看不到了。”言下不胜怅惜。

我从吕剑这封信中，仿佛看到了人世间一种美丽情感的静静升华。

这次访谈，恰好是正月十五日，窗外春阳明媚，室内暖意融融。老诗人忆旧说新，谈兴甚高。在我要离开半分园时，吕剑先生突然对我说：“你也去见见邵燕祥吧！”

果然，第三天，我就来到了虎坊桥作协宿舍。不过和吕剑先生那次寻访不同，我很容易地找到了邵燕祥先生的家，敲开了他四层楼上的房门。

1995年2月2日于泰山

吴冠中：艺境与情怀

与几个即将毕业离校的学友道别，由喝茶说到了个人喜好，我恍惚记得初中有段时间迷上了绘画，常常用铅笔素描一些人头，或者用水彩涂抹“法家人物”秦始皇的赫赫威仪，有时几个同学也交流彼此的画作，以为乐事。可惜浅尝辄止，没有跟随美术老师一路学下去，乐事变成了憾事。

但我对线条、色彩、图案的兴趣不减，课余收集了不少美术杂志、报刊上的中外画作印刷品，做成了剪贴本时时翻看，直到现在还保留着。昨晚电视新闻和今天的报纸都报道了吴冠中先生谢世的消息，又勾起了我对这位前辈留存的印象。以我对当代美术完全外行的了解，自然无法全面、客观评价吴先生在绘画方面的造诣，但凭直觉却第一次就喜欢上了他的风格。大约是 20 世纪 80 年代初，一位学美术的兄长留下的《吴冠中画集》教我认识了吴冠中，那些类似法国印象派而又不一样的斑斑点点、仿佛还在生长着的纤细树干以及空濛的江南天空，与那些流行的或一般意义上的西画、国画皆大不同，同时跟其他名家也不一样，我感觉吴冠中的魅力是独一无二的。

90 年代，吴冠中的作品已经享有盛誉。记得那时央视《东方时空》节目有对他的采访，他讲话的态度、表情、声调令人过目不忘。之所以过目不忘，其实只在于“单纯”与“真挚”。画面中有他抱着一抱画轴乘坐汽车的镜头，一路上无论汽车怎么颠簸，他都紧紧抱着那些画轴，生怕它们有所破损，这个细节把吴先生对艺术的痴情表现得很是生动。这就是艺术家，而不仅仅是个“画画儿的”。

可能是因为“隔行如隔山”吧，我没有试图近距离地去观察他，前几年他来杭州，到美院讲他的艺术观，我也只在后来的报纸上看过相关报道，其中“三百个齐白石也抵不过一个鲁迅”的说法又让我看到吴先生的另一种情怀。我猜想，大概吴先生心底有比绘事更重要的牵挂吧？他如此推重鲁迅精神性的、灵魂性的价值，应该与他的国家观念、民族观念有关。

今天杭州的报纸都在说吴冠中，《钱江晚报》头版是一幅吴冠中演讲特写彩色照片，旁注是：“2007 年 10 月 16 日下午，吴冠中走进本报主办的浙江人文大讲堂，漫话艺术与人生，时年 88 岁。当时本报记者问他，如果再给您 80 年，您最想做什么？

他说：‘我要学政治，把国家和民族搞好！’”

这真是画龙点睛的一笔。

吴冠中，1919年8月29日（农历己未年闰七月初五日子时）出生于江苏宜兴，先后在杭州、巴黎学画，2010年6月25日夜半（农历庚寅年五月十四日子时）在北京医院辞世。

2010年6月27日于杭州午山

戊辰夏，初访牛汉

戊辰。1988年。

我是先通过书信与诗人联系的，联系的目的，是向诗人了解他本人以及另一位“七月”诗人朱健。那时候我除了“七月”“九叶”诗人，也重点关注山东籍诗人，李广田、吕剑、孙静轩、高平，还有“七月”派后期三位从山东走出去的艾漠、朱健、白莎。

诗人回了我一封较长的信，介绍了他写诗的近况，也回忆了朱健写作长诗《骆驼和星》的具体背景，又赠送我一本1986年12月三联书店版的新著《学诗手记》，扉页以蓝色圆珠笔题签：“张欣同志指正 / 牛汉八八年三月三日”。牛汉的字笔划遒劲、饱满有力，很像他这个人。

暑期，我去了北京，要去拜访诗人。不知道他的详细住址，行前也没有与诗人约好，结果直接到了人民文学出版社。找不到，有人告诉我，可以电话联系一下他女儿史佳，我又懵了，不是姓“牛”吗？怎么会叫史佳？（当时不知道“牛汉”原名史成汉。）

史佳在电话里告诉了我去“十里堡”的路线图，并说她会把我的计划转告父亲。

这样，乘公交到十里堡，好像是农民日报社附近的一条北行的道儿，步行，终于找到了牛汉先生的家。

诗人高高、魁梧的个子震撼了我这个“山东小汉”。说实话，我在山东也没见过这么高个子的人，更不要说诗人了。那时候，我知道天津的冯骥才是打篮球的，个子有一米九，我不清楚一米九是个什么概念，我想牛汉先生大概就是一米九吧？

可是，站在这位高个子的前辈诗人跟前，我一点也没有压力感。因为他是那么亲切、谦和、爽直，他好像根本不知道他有一副高人一头的身板，也毫不在乎他比我年长四十岁的资格。他让我坐下，端来一杯茶，就开始跟我谈。我把我要写写山东几位“七月”诗人的想法告诉他，他一再肯定、鼓励，并说：“你把贺敬之放在‘七月’诗人群里写，他会很高兴的。”

他跟我谈了“七月”诗人作品集《白色花》的编辑经过，当我提到序言的作者绿原时，诗人指指楼顶，告诉我：“绿原就住在我上面。”

那天的谈话，好像也没有什么中心，想到什么就说什么。但主要是向他了解我当时比较关心、关注的现代作家、诗人，他也毫无保留地快速做出反应，给我的印象是不躲闪、不绕弯、直来直去。比如问到吴伯箫，他就说：这个人不错，很厚道。又问到北岛，他告诉我，北岛跟他儿子是中学同学，那时候常到他家里借书看，也常到冯亦代那里借书，如要了解北岛，可以找冯亦代谈谈。他也跟我谈到吕剑，认为吕剑这个人很正直，他们彼此很谈得来，还告诉我说他正准备请吕剑为《新文学史料》写点回忆录，因为当时他还担任着这个重要刊物的主编。印象中他还提到他和丁玲主编的另一本大型刊物《中国》，提到对青年诗人的重视，大概因为我没怎么注意这个刊物，脑子里缺少信息，也就印象不深。

在谈到“胡风集团”问题时，他流露出强烈的情感，常常用“毫不含糊”这个词表达几位诗人历尽苦难而犹未改的人生态度，也表示出对这个案子迟迟得不到彻底解决、始终拖着一条尾巴的遗憾和愤慨。

我注意到诗人的房间里除了琳琅满目的图书，书架上还有一个大镜框，镶嵌着大诗人歌德的铜板头像。可惜我几次欲张口，最终没有询问他喜欢歌德的缘由。不过在他送我的那本《学诗手记》小册子中，他曾多次谈及歌德并引述过歌德对诗歌的观点，可见他是曾经从歌德那里获得过诗的智慧的。

那次访谈之后，似乎对诗人开始熟悉起来。我想，假如我能写出关于朱健、北岛以及他本人的文章，一定会先寄给他看。

一晃，二十五年过去了。

谨以此文，悼念在这个秋天远走的诗人。

2013年10月25日于杭州德胜颐园客房

艾芜：久违了

收拾去年住客房时带去的一袋邮件，又看到了“艾芜 110 周年纪念与研究文集编委会”署名、邮戳标记“2014-01-16-17 四川师大 3”的大信封。去年收到时，曾奇怪组织者何以会寄给我、又怎样获悉我的准确地址。而之所以没有及时回复，则是因为觉得没有资格谈论艾芜这位新文学的前辈作家，无论是写馆名还是纪念文章。

这个信封所包含的纸质文件，实则为对折的《艾芜故居：恢复重建筹备委员会工作通讯》，一共五期，即 2013 年 8 月至 12 月，每月一期，下钤“成都市新都区清流镇人民政府”公章。内容除了纪念文集征文函，还有关于艾芜的一些照片和史料，以及编者就恢复重建艾芜故居的不少设想。看得出，作为艾芜故乡人，他们想做件有意义的事。

虽然没有资格谈论艾芜，却也勾起了我关于艾芜先生的一些个人记忆。

最初知道艾芜，是在1979年考入大学后的“现代文学”课堂上，30年代“左翼文学”这个话题，“沙汀、艾芜、张天翼”在必讲之列，授课人是刘增人老师。1985年以后，我也回母校开讲新文学史，这就每年都要难免讲一点艾芜和他的《南行记》。何以说是“讲一点”呢？只缘艾芜从未列入鲁郭茅巴老曹这个偏左翼的“一流”系列，后来也不曾列入沈张钱这个新的“一流”系列，甚至也没法与萧红、柔石、何其芳、卞之琳、废名、丰子恺、芦焚、路翎这些二线、三线作家并列，讲来讲去从没有超出左翼文学的“概述”范围，反而有渐行渐远的趋势。进入新世纪以来，新编的教材目录上几乎已找不到沙汀、艾芜的名字了。

至于我自己的“讲一点”，往往也只限于《南行记》中的一两篇，读得较仔细的是《山峡中》《人生哲学的一课》，忘不了“野猫子”亦匪亦人而更偏于“人”的那份藏而不露也并不异于白素贞的人间情怀。我以为，因其对人性独辟蹊径的挖掘和发现，仅这一篇就也该在文学史中有个座位了。至于上述文学史目录，那实在只是个“简史”，换种编法，比如文学史长卷或多卷本现代小说史，我想艾芜先生总归找得到属于自己的位置。

再退一步说，即便“国家文学史”不肯将艾芜纳入，四川的现代文学史甚而成都的现代文学史总不能也把艾芜摒除在门外吧？历史是多层面的，意义也是相对而言的，大海是水，小河小溪是水，就算眼里流出来的点点滴滴，那也都是水呀！

我这么说，当然也不是一定要把艾芜先生塑造成“不朽的大师”，不是的。艾芜写过人性的复杂，却也并非不折不扣地始终如一。从某种意义上看，像不少所谓“与时俱进”的同时代作家一样，他并没有真正完成自己。就从《艾芜故居》所载1951年7月15日他对刘盛亚小说《再生记》所说的一番话中，也能感受到艾芜的幼稚：“特务不可能有人性，有人性，他就不会做特务。”这究竟是真心话还是表演？如果是真心话，你相信有心理学或人性学依据吗？

我记得自己似乎买过一册《南行记》，却遍翻橱柜无觅处，只找到一本1981年以特价（两角五分）购于济南市中区新华书店的《丰饶的原野》（四川人民出版社1979年7月第一版），正是我大学毕业的那一年。书前有艾芜新写《前言》一篇，其中有对农民刘老九不会“走资本主义道路”的辩护，而认为“只有地主汪二爷之流，雇人种田，而又大搞工商业，才会由地主阶级，过渡到资产阶级去的。”这话拿到今天，可能连笑话的水准都不够了。

说到最后，我的意思就是：对艾芜，一要尊重，二要清醒，一是一，二是二，不忘其长，不护其短。果如此，庶几近乎历史真相以及对人的基本态度。

还记得 90 年代讲艾芜时，恰好王志文演的改编电影也刚从电视里播出，镜头里好像还出现过晚年艾芜的影像，我曾经把影片录制下来，也在课堂上给学生播放过。那段时间，大概是艾芜先生最红火的时候吧？瞬已二十载矣。

2015 年 1 月 18 日于杭州午山

长沙三老小记

我为自己争取到一个去长沙的机会。

公务之外，夹杂一点私心：想面见读书圈里几位仰慕已久的前辈。近十年前，也曾有一次路过长沙的机会，可惜毕竟是路过，印象里只留下岳麓书院、博物馆淡淡的影子，连东西南北的大致方向也没搞清，为此怅惜不已。

这一次，多亏友人的鼓励和搭桥，使事情变得格外顺利，结果就在一天之内连访“三老”，几乎是以创造奇迹的节奏实现了多年的心愿。

朱健先生

“三老”之中，朱健先生是早有联系且一度书来信往颇多的山东老同乡。20 世纪 80 年代，我因为热衷于搜罗鲁籍现代作家史料，由本单位晁岱华老师介绍开始与朱健通信，还为他当时所出诗集《骆驼和星》写了《一位曾被遗忘的诗人和他的诗》，一篇不够深入却带着感情的评论。后来也把他列入“七月”后期诗人和“归来者”诗人有所论及。2000年后，我卜居旧时钱塘，与朱健先生重新取得联系，此时其诗人身份更让位于散文家和“红学家”，已是读书圈里鼎鼎大名的文化老人了。

作为散文家，朱健第一本读书随笔集《潇园随笔》面世于1995年，随后又有《无霜斋札记》《往事知多少》《野坡散记》等等，其中《往事知多少》乃诗人寄到杭州的签名赠本。关于“潇园”，作者在《潇园随笔·序》中有交代，该书封底勒口处也有几句更为概括性的“广告语”，往往不为人注意，我乐而录之，喜其意味隽永：“水至清且深谓之潇，莳花艺果谓之园。虽赋得二字，然居处大杂院，市声盈耳，不得写处。只可意识其流，自拉自唱，自吹自擂，随笔所之耳。”

现在，我见识了这个前身为潇湘电影制片厂而今已改制改名的大杂院，也拉开一扇虚掩的房门见到了住在一楼东侧的杨竹剑（朱健本名）先生。因事先电话有约，一说就明白，也就没有太多客套，我和同去的易彬兄即跟老人穿过客厅，落座于朝南的卧室兼书斋了。令我惊讶的是，朱健先生个子既高，背又挺直，绝不像九十二岁高龄的老者。他自己也乐呵呵地说：“我就是耳朵听不见，其他都没什么毛病。”声音大，犹有浓浓的山东口音，而听力也并不像他说的那样不好，对话并不费力。

朱健先生的住房，是略显老旧的普通楼房，客厅居中，南面墙上挂着的大幅朱健画像，出自黄永玉之手。东面对着房门的墙上又有一幅书法作品，写的是“老树着花无丑枝”，落款“竹剑方家正 工柳”，朱健开心地介绍：“这是罗工柳写的，他的字可是不多见！”卧室兼书斋很小，却又被东西靠墙的大小书橱和南面临窗的书桌占了大半，贴北墙是床，墙上有一张故乡朋友送他的汉画像拓印件。在东墙小书橱上方还有镶在镜框里的一幅水墨画，朱健说画的是他战时在四川居住的地方，那房子现在居然还有。

我给朱健先生带来一本自己的《一些书 一些人》，其中也有写他的一篇《过潇园而不入兮》，他则先从另一房间拿过两册精印的《骆驼和星》送给我们。原来这是根据扬之水小楷手写赠他的册页印制的，仅印了两百本，很是珍贵。我问：“最近在写什么？”老人答：“好几年不写东西了，白天看看书报，晚上看看电视而已。”我注意到书桌上一摞他自己的著作，却是读者寄来请他题签的，看来诗人并没有退出读书圈，还在为他的粉丝们忙着呢！

就这样，朱健先生坐在他宽大舒适的“专座”上，时而答，时而问，还坚持要留我们吃午饭。自然，考虑到老人不宜长时间谈话，我们还是有些不舍地告辞了——希望还有机会再次拜访。

朱先生与钟先生

我最早知道朱正先生，是因为他早年写的《鲁迅传略》。故在我心目中，他是资深的鲁迅研究学者，又和邵燕祥等人同属一代杂文名家。

朱正先生住在湖南美术出版社院内的高层住宅楼上，客厅很大，却完全是照书房的样子布置的。中间一组沙发，贴墙是长长一排大书橱，实际上临近卧室附近也全是书架。沙发对面墙上有几个大小不一的镜框，分别是朱正先生和他夫人的大幅照片，其中有张大概是朱正年轻时候的黑白照片，青春华年，十分帅气，我十分喜欢，就翻拍下来留作纪念。

话题从我对当初出版《查泰莱夫人的情人》的好奇开始，又渐渐扩展开来。朱正先生很高兴，一边跟我们聊，一边介绍朱著“反右史”的若干版本。

当聊到《鲁迅传略》与《鲁迅回忆录正误》时，我笑言：“有了鲁迅研究和反右研究这两件卓有成效的工作，作为学者，已足可欣慰。”朱正先生也笑着说：“我个人更看重反右研究，把这一件事做好，也就够了。”

朱先生把他的新书《那时多少豪杰》送我们，这是广东人民出版社“百家小集”第一辑中的一册，朱先生说：“选的都是我自以为比较可以看看的文章，算是我的样品展览。”结果这本书成了我归途中的读物，车到杭州，书也差不多读完了，通过书末附录的《从鲁迅研究开始》，我对朱正先生的学术之路有了一个大概的认识。其实，这套书里还有邵燕祥的《〈找灵魂〉补遗》，去年 9 月去北京邵先生也送我一本，同样伴我一路回到杭州。

看看天色还早，朱先生一定要陪我们一起去见钟叔河先生。其情难却，最后只好答应（我原想另外安排时间专门拜访钟先生的）。于是很快赶到钟先生的住处：长沙城北之念楼。

念楼者，用钟先生自己的话说，“即廿楼，亦即二十楼也”。原来钟先生现在住的这栋高层住宅楼有二十八层，“户户外貌咸同”，客人来访常走错门，钟先生乃从周作人《儿童杂事诗》手迹中集得“念楼”二字，复请浙江桐乡友人叶瑜荪特制竹额，并将楼名刻上，一为满足“有楼望竹，可以读书”之心愿，二为来客识记方便，于是“念楼”就此诞生，算算已有十数年光景。

以上几句引文，出自《念楼的竹额》一文。我是从这次钟先生送我的《小西门集》里读到此文的，实则书中提及“念楼”的尚有《念楼说》《念楼自述》诸文，而后一篇中的“念楼”，已非特定意义上的室名，业已演变为书斋主人的代称。钟先生又有《念楼集》《念楼学短》诸书，可见到后来，室名与主人早已浑然一体、无分彼此了。

钟先生与朱正先生同龄，也已进入八四高龄，但看得出他年轻时一定有一副好身板，故并无多少老态。见我们来到，即忙着招呼，带我们到朝南书房落座，又让小保姆泡茶、剥柚子招待。书房很大，东西两面全被书橱占满，靠窗一张大书桌，钟先生就坐在书橱与书桌之间的椅子上跟我们说话，熏熏然，蔼蔼然，令来客有一种如沐春风之感。

话当然说了不少，亦无他，皆为书人闲话。其中说到他对书籍装订的一种个人期待，令我印象深刻。钟先生说，出书人为读者计，要考虑书印出来如何阅读的问题，理想的书应该是可以平摊开来、慢慢翻页的那种，可惜如今线装变胶装，大都做不到了。这是个颇有趣的话题，其实可以细细讨论一番的。

闲话中，钟、朱先生也谈到他们二人书信集出版的事。钟先生解释说，当初朱先生借调到北京编辑《鲁迅全集》，才有机会通信，否则同住一城，哪里用得着写信。

我把带去的一册原版《李鸿章历聘欧美记》请钟先生签名，他似乎有点意外，随即在该书内封题曰："此书印于二十余年前，坊间极少见矣。子张先生甲午岁末过长沙。相晤甚欢，出此索题，匆匆写此以为纪念。钟叔河 2015.1.26。"又加盖了一枚篆刻阳文印章。

去长沙前我搜得不够仔细，总以为所存钟先生编著唯此一种，也就带上了这一本。回到杭州再次翻检，却又找到两种：一是湖南人民出版社 1982 年 1 月印刷、内部发行的《周作人回忆录》，一是中华书局 1999 年 1 月《周作人丰子恺儿童杂事诗笺释》之初版本。查自己 1985 年日记，竟也有 7 月 27 日“粗读《周作人回忆录》毕”的记录，可见我与钟先生毕竟素有渊源。

无奈我在长沙，也只有这样一天自由活动的时间，来不及在三位前辈跟前细细讨教。不过我亦知足，杨先生之爽朗劲健，朱先生之缜密旷达，钟先生之温润蕴藉，由书及人，又由人而书，我是有所闻复有所知而又有所见了。这，岂不正是一个新的开始吗？

2015 年 3 月 10 日于杭州午山

不一样的杜衡

许久以来，每当涉及民国时期上海“文坛三剑客”这一话题，我都会想到这“三剑客”之一杜衡的“下落”。可惜一般辞书要么语焉不详，要么顾左右而言他，总不像介绍戴望舒、施蛰存那样有根有据。作为杜衡老友的施蛰存先生在长篇回忆录《〈现代〉杂忆》中一方面为杜衡当年的“第三种人”说法做了新的解释，一方面也用寥寥数语提及他的“以后”：“苏汶于1940年以后，走了另一条道路，加强了，或者说证实了，他的‘第三种人’的反动性。听说他早已下世，他的一切言论行动，已随生命而长逝。”可这“反动性”一词，虽说在80年代之初似有不得不用的苦衷，然在后世读者看来，颇有类似“政治结论”的阅读效果。如此一来，杜衡的“下落”就似乎毫无光荣可言了。

难得的是，蔡登山在新出版的《重看民国人物：从张爱玲到杜月笙》中，竟有一篇长文专写杜衡，标题《杜衡：从“现代”派作家走向政论家》就已把这“下落”连同作者的“重看”态度清清爽爽地标示出来了。在绵绵梅雨中一气读完此文，后期杜衡形象的大致轮廓一下子变得清晰了。照蔡先生记述，曾经的“文坛三剑客”虽因“杜衡被谣传依附汪伪”而“正式分道扬镳、形同陌路”，而“1940 年 1 月陶希圣毅然脱离了汪精卫集团，杜衡跟随着他于民族大义上是不曾有亏的”，结果就是文协香港分会又重新恢复了杜衡的会籍。

至于杜衡由文学家转为文论家，蔡先生引述路易士之语解释了种种可能的原因，也较为详尽地介绍了杜衡自 1943 年冬开始出任《中央日报》主笔直至近十年之后“上书请辞”期间的政论写作成就。当时有同事评论：“至于他政论写作的逻辑谨严，有见地，文字技术的优美，清爽与动人，更在整个中国数一数二。……假若读台北报纸的社论文章，尤其是有关政治及社会问题的文章，使人觉得读了一遍还想再读第二遍第三遍，这篇文章大半皆出于杜衡兄之手。”仅从这一番或许带些个人偏爱色彩的话，已可想见后期杜衡的“正面”形象，哪里是一个“反动性”就可以说尽的呢？即如老友施蛰存后来旧话再提，评语也已改变，有了“因揭发大官贪污而被解职”“对 60 年代台湾的经济起飞具有指导和推动作用”这些更为积极的评价。可见在很长的时间里，杜衡留给大陆文学界、文化界的印象是不完整，乃至是不真实、不正确的。

蔡先生此文最后云：“在抗战军兴以迄逝世前，他尽弃文艺，从事政论工作，凌云健笔，举凡有关时局演变之动脉，政治兴替之缘由，及政府施政之成败，国家经济建设之方案，都作详尽之剖析与论衡，见解独到，议论精辟，让人见到另一个不一样的杜衡！”信然。

2015年6月10日于杭州午山

韩羽《读信札记》一则

近年常读北京画家许宏泉编的《边缘·艺术》杂志，其中有个“韩羽读信札记”专栏尤为我喜爱，每见必读。这里还有个缘故，很久以前，我就从已故前辈诗人吕剑那里知道了韩羽先生的大名。1987年年底，吕剑先生来信告知，《文艺报》有泰安籍画家韩羽的《半分园》画，不久又把此画的复印件也寄来了。原来是吕剑的一帧漫像，又配一段文，题作《半分园》，文曰：“吕剑兄获新居，房前有地半分，自成一院，因名之曰‘半分园’。园虽小，颇堪入诗，一时诸贤纷纷题咏。剑兄自谓‘虽不能滋兰九畹，但略可栽韭种豆’，我谓‘岂只种豆，更播得满园佳句珠玑也’。其‘园日涉以成趣’，当可想见之……”

再说画。但见豆棚瓜架之下，吕剑着中式衣装，笑眯眯地抄手坐于一矮凳上，看着“镜头”。盖“镜头”者，画家之眼睛也。画有题款，曰“一园韭豆一园诗 韩羽”。

随这幅剪报寄来的，还有另一份剪报的复印件，乃吕剑的《半分园志》。诗人未标记何报，然由繁体版式看，似为港报。这篇《半分园志》有文有诗，略述“半分园”来历和朋辈称贺盛事，诗则以言志，有“心闲市声远，独善何忧哉！生性厌机巧，惟怜白菊开”诸佳句。

查《半分园吟草》，可知当初先后以“半分园”入诗的友人包括王以铸、孙玄常、陈次园、荒芜、聂绀弩、舒芜、陈迩冬、宋谋玚、林锴。韩羽在《半分园》里分别有所引述，兹再录引舒芜一首：“不辞鶗鴂变年芳，倾盖谈诗理旧狂。人海京城成大隐，半分园里看沧桑。”宋谋玚一首：“浪迹天涯万里行，鷦鷯巢树一毛轻。浓阴半卷飞霜远，难得人间露晚晴。”又一首：“衮衮京华噩梦频，曾无丘壑着闲身。安居怜趁桑榆晚，莫道榴花不及春。”都是好诗，包含着朋友们真挚的理解和祝福。

对于朋友们的这些题咏、慰问，吕剑自然不会无动于衷，故有《半分园志》《半分园自题》《半分园偶成》之文之诗作为回应。诗人谓：“余一常人也。时遭多难，颠沛流离，年逾耳顺，始获居室三间，鷦鷯乃有一枝可栖，不可谓不幸矣。”此其一。其二：“夫人生在世，逆旅过客，富贵者于我如浮云，帝乡者于我未可期，无得失之患，绝车马之劳，虽身居闹市，犹僻处山林，晚境若斯，谁曰不宜！”

至于韩羽为吕剑所作漫像，吕剑也有一诗咏之：“半分园中寄此身，杯酒黄花共相亲。时人谁知布衣乐？小诗偶成还独吟。”

上半年，在校图书馆的新书架上，忽见韩羽先生精装本《读信札记》已到，亟不可待地取下翻读，诗书文画并茂，真当过瘾。及至翻到“吕剑的信”，才发现照片、手迹、文字之外，吕剑的那帧漫像却未见收入，取而代之的是另一幅同题画：一园韭豆一园诗的豆棚花架之下，唯有一几一凳，几上一壶一碗，而凳上的故人已不见矣！

此画题曰《豆棚瓜架图》，韩羽“札记”有句：“半分小园，端为剑兄设。复作《豆棚瓜架图》，蔚然成荫，憩息其间，不亦快哉！”

不知当初那幅漫像的原作是在哪里。

2015 年 11 月 2 日于杭州午山

蕾切尔·卡森

近日《中华读书报》有文辨析蕾切尔·卡森的身份，由卡森自己1941年的著作《在海风下：一名博物学家眼中的海洋生物》得到启示，认为此前对卡森“科学家”“生物学家”的身份表述有点勉强，准确的表述应当就是“博物学家”，这应该是卡森“最主要的身份”。

蕾切尔·卡森，以1962年出版《寂静的春天》而成为一个有争议的名字，《寂静的春天》则成为一部改变历史和人类命运的科学人文著作。为了准备新学期的生态批评课程，我终于从校图书馆借出并于年前翻完了这本与自己同龄的环保名著的中文译本。我注意到译本不止一种，另有英文本及导读本，我所借到的吕瑞兰、李长生合译本最早已在1972—1977年译出，并选载于当年的《环境地质与健康》杂志，1979年由科学出版社正式出版，2008年由译文出版社重版。

美国前副总统戈尔在英文本序言中称这书就如同《汤姆叔叔的木屋》，是改变了美国历史和命运的书。

读此书，看到的是半世纪前的美国，却也是当下的中国。联想到当代环境问题，深感中国读书界与社会现实的隔膜，我们沉溺于自己的小世界，完全忘了头上的天空已然阴霾密布，脚下的土地与河里的流水也早已不复当初。《寂静的春天》出版后，卡森遭围攻、受污蔑，利益至上的美国化工企业老总和政客们，当然容不下这本书。而当时的中国也正在上演“人定胜天”的壮剧，以科学的名义反科学，当然也容不下这本书。故人类的每一点进步，都要多少先驱的牺牲和艰辛付出。

卡森为什么要写这本书？她的题献词“谨以本书呈献给申明‘人类已经失去预见和自制能力，人类自身将摧毁地球并随之而灭亡’的艾伯特·施韦策”其实已经做出了回答。还可以参照她在《致谢》中的交代：“一九五八年元月，我收到奥尔加·欧文斯·哈金斯的信，信中谈及她自己经历了一个小的生活环境被弄得没有了生命的痛苦过程，这使我把注意力急转到多年来我关注的一个问题。于是，我意识到必须写这本书。”没错，对环境与生命病态关系问题的急切关注，正是蕾切尔·卡森要写这本书的动力。

2016 年 2 月 23 于杭州午山

『总之来信必复』——叶圣陶1976年日记片断

近读《叶圣陶集》廿三卷日记之五，始知圣老日记也是时写时辍，并非每年、每月、每日必记，中间很有些完全空白之年如1958、1959、1960年，而1956、1957年也都只是不足一个月。晚年也有此类情况。故日记目录采用了“片段之一、之二、之三……”的形式，当不难理解了。

1976年的日记却又完整，且题为“可记的一年”，足见其重要。叶至善《编后记》云：“‘文革’开始后不久，教育部改组，作者不再担任任何公职，社会活动全部中断，连朋友，能维持交往的也只剩下不多的几位。这长长的十年，可不是‘闲愁最苦’四个字所能概括得尽的。一九七六年，大小事件层出不穷，终于急转直下，‘四人帮’彻底垮台，使作者又看到了新的希望。除夕晚上，作者记完了辞岁家宴，特地加一句：‘今年为变化极大之一年，而结果则举国欢畅，此可记也。’因而就把这三百六十六天的日记，题作《可记的一年》。”

可记，原是因为“变化极大”和“大小事件层出不穷”，这里且搁下，引起我注意的倒是两件小事。一是为他人写字，一是给人写回信。

5 月 18 日日记云：“昨写篆书，一张中错一字，因重写之。写字颇觉厌倦，写不好，又吃力，希望他人少来嘱托。”

圣老对人，一向有求必应，长者之风，人尽知之，此处牢骚语，必为万分无奈中出之。再留心看，果然这类应酬实在不少。此前 15 日有记：“昨日士秋留纸一张嘱写字，今日上午写之。其纸为四尺宣，一裁为二，写两幅，一与士秋，一与其子谢白。字皆甚不佳，只得不管它。”又一段：“昨李芳远书来，为其友人托写字，且‘点戏’要篆字。下午为写之。芳远颇好事，将去信告以勿复为我揽生意。”16 日又记：“傍晚陈次园来，又是托人代写字。”17 日记：“上午写字，即昨日陈次园交来托写者。”

再回头检视整个 5 月份的日记，三十一天中有八天提到为人写字，一共写了至少十人次，而 6 月 1 日这一天就又写了五人次，其中有几处还有较详尽的记述。比如 5 月 13 日写道：“建老（周建人）之秘书欲余为写字，昨托周夫人向满子言之，不令建老知，意谓建老必不赞成烦余写字，致费精神。今日上午为书鲁翁‘曾经秋肃临天下’一律，作篆书。下午卷而寄与之。”又 25 日为俞平伯书联语“欣处即欣留客住，晚来非晚借明灯”，并云：“篆字写就，自观亦不甚佳，总之，余写字尚在自己并无把握之阶段也。姑寄与平伯，博其一笑而已。”6 月 1 日“上下午皆写字，居然写成五张。……写书如还债，还出若干，总觉轻松些”。

若大致以这样的频率，则一年之中要还多少“债”呀！难怪一向宽厚待人的老人家也忍不住要倒倒苦水、发发牢骚。不过，苦水也罢，牢骚也罢，该写的还是要写，“该还的债”还是要“还”，尽管他实际上谁的债也不欠。叶老毕竟是叶老，也许这真是没办法改变的脾性。

除了写字，给人写回信似乎也在“还债”之列。仍以 5 月份计，三十一天中有十天提到写信、复信，总量在二十二通，其中回复他人信件十八通，可见复信之多。写信乃主动行为，需求使然，不稀奇；复信则是被动行为，虽然也可能必要，到底礼貌的成分更大。对德高望重的叶圣老而言，如同求字者一样，请教、问安、寻求帮助者自然也不少，如一一回复，那压力之巨大，着实可以想象。而本年 8 月 3 日的日记倒也真的印证了这点：“昨日开始写答复外来问安否之信，两日共写十一封，受信人为……总之来信必复。”

“总之来信必复”！一句话，蔼然长者之可钦可敬处就让我们感受到了。

丙申五月初一于杭州午山

送别杨绛先生

我与钱、杨两位先生都没有交往。不是不想，而是很早以前就晓得他们不喜被人打搅。我只是一个不聪明的读者，没有能力与他们对话，喜欢他们的睿智和从容，从他们的书里收获快乐，已经足够。

我不太确定，当年大学时期所读《堂吉诃德》是否杨先生的译本，毕竟那时还缺少对译本的选择意识。不过很久之后从某校处理旧书中所购《小癞子》的确为杨先生所译。所存杨著长篇《洗澡》，乃1988年第一版1990年第二印，购于1991年6月25日，当时我们几位现代文学同事一起从单位出来往家属院走，顺便走进院门口的新华书店小门市部，看到有新到的《洗澡》，遂每人购得一册，这其实是我第一次买杨先生的书，《小癞子》稍迟些。《洗澡》与《围城》在写知识分子方面是同题材的，而时代、重点则不同，《围城》更哲学化一些，《洗澡》是写实更突出。而这“实”又因为是20世纪50年代的“知识分子改造”，就显得很特别，却也没有疾言厉色，乃以平实蕴藉出之，不动声色而意味隽永。

最近杨绛先生离世，送别的话音未落地，追讨的声音却又起，一时沸沸扬扬，连带把钱锺书先生也晒出来了。不知为什么，我由此想到了抗战初期左翼大佬们对梁实秋的那些“与抗战无关”的责难。“刻薄”“自私”“对‘文化大革命’不发声”“受胡乔木称赞”“有知识无思想”“没有解决问题”“袒护老公”……他们所责难的，其实无非都在基本的“人性”“个性”范围内，有什么一定要别人“悔过”的理由和权力呢？在我看来，这实在是离开了当时的历史背景站着说话不腰疼。在浑浊之世，钱、杨既没有以权谋私，也没有对任何人落井下石，几乎没有任何超越道德底线的行为，洁身自好四字足以当之。况且，钱、杨反反复复表明了自己读书人的个人选择，为何一定要逼着他们做他们不喜欢、不擅长做的事呢！

而众人永远是盲目的，听了这边的，就忘了那边的，故浑水摸鱼者最后得利。钱、杨之短，乃人人之短，钱、杨之长，却并非人人之长，以人人之短衡其长，公平乎？

我要问的是：第一，为什么要向一个种稻谷的要求桃子呢？第二，为什么没看到稻谷里面还有热量、维他命、矿物质和微量元素呢？

有人以陈寅恪比照钱锺书。我的理解则是：钱与陈二人性情不同，一个是铁蒺藜，一个是黄水仙，怎能以此比彼？

钱氏80年代受拥戴，有其特殊背景，也算是“文化大革命”结束后“落实知识分子政策”的一种积极结果，不能从今天的历史高度上苛责彼时。再者，当时的拥戴完全与钱氏本人无关，他就是一介书生，对人生世事之势利看得极透，别人要抬举他，与他何干？本来，正常的批评、质疑甚至翻案，都在常识范围内，用不着争的。问题是当下一些文章，要么不尊重具体历史背景，以今日之是非衡昨日之是非；要么无视个体性情差异，一任个人想象而绑架他者；还有一种是明明没怎么看书，或者压根儿看不懂书，也来凑热闹起哄，尤不可解。余杰旧文也有此病，他就似乎没看懂《围城》，偏偏又引用《东藏》《南渡》中一些话来揶揄钱先生，却不顾及《东藏》《南渡》作者那些话背后的某些隐情。另几位学者说得靠谱些，毕竟读书稍多而眼光又敏锐些。

其实杨先生辞世，从她本人角度，正所谓“视死如归”；从读者反应角度，亦为“喜丧”。所喜者何？一是普及了文化，不少人不是第一次学会称呼“杨绛先生”么；二是提供了一次由随便说话和随意臧否人物而开始学着“自由发言”的机会；三是再次验证了一个道理：中国人心里喜欢什么人不喜欢什么人的界限还是清楚的，并不糊涂、悲观到极点。最后一点尤其令人感觉爽气。称赞也罢，质疑也罢，至少表明读书人都开始动脑筋了，不是一味地追星了，就算这种各说各话的状态离真相还差十万八千里，也比只有一个大喇叭好得多。争完了，吵完了，各自去重读一遍杨先生、钱先生的书，那才好呐。

丙申初夏陆续写成于杭州午山

乐读流沙河

早市买得萝卜菜，归途伫看木槿花。看完了木槿花，回到家里就又想起了前不久成都龚明德大兄转来的沙老赠书《流沙河短文》，便想趁今日之闲写点什么。

写点什么的念头早就有了，只是不知为什么，近年自己的写作习惯总有些不可思议，即越是觉得该写而又想写的文字，越是觉得不知怎么写起，于是就一直拖下去、拖下去，反而一些可写可不写的东西下笔无障碍，总能敷衍成文拿出去应差。

说来自己与流沙河先生是有些缘分的。所谓缘，主要是从20世纪80年代起，我倾心于写诗，教学与研究中也就对新诗多有侧重。流沙河当时以“归来派”诗人身份，率先在《星星》杂志开辟专栏引介台湾现代诗，后来结集出版，是为《台湾诗人十二家》，我曾购得一册作为我接近台湾诗的入门书，后来我又开设“台湾现代诗”选修课，这本书遂成为主要参考书。此其一。其二，我个人研究重点在“归来派”诗人，为此结识不少“九叶”“七月”和“右派”诗人，对他们有一种发乎本心的亲切感，流沙河是他们中的一个，自然也就十分贴近，编教材、写文章皆屡屡涉及，只是一直没有碰上见面请益的机会就是了。

不过这种缘分当中又有几许遗憾掺杂其中，让我有时会有“缘分不够”之感，没有机会碰到是一方面，某次到成都开会却没能敲开沙老家的门则是另一方面。不过我倒从未对此觉得焦虑或不安，世间万事之间皆有关联，并不意味着一定要有某种戏剧性的交集，彼此各安其位、相安无事可能才是常态。就算是缘分不到，那也得虚心静气以待机缘，急不得的。反正只要有沙老的书看就是了。

说到书，也不多。除了《十二家》，尚有《隔海说诗》诗话集一种，《故园别》《流沙河诗集》两本诗集，再就是成都出版社一版三印的《庄子现代版》了。也曾在不同场合读过沙老另外一些诗文，比如有“美国人是我们最好的朋友，中国人在全世界唯一最好的朋友是美国人”那句话的文章（实际上是演讲），就让我有一种茅塞顿开的感觉。从具体的个人经验说，我绝对相信沙老此番肺腑之言，因为他所赖以做出判断的是他接触的一个一个普通的美国人，一件一件日常的生活细事，这些跟国家、政府、政客之间的政治博弈是不同的。在我印象中，沙老的文章通常多出之以轻松幽默的语调，这篇演讲却似乎从头到尾氤氲着一份深沉的、温暖的情感，也让读过它的人深深感动。

如今我拜读这部沙老签赠的《流沙河短文》，又有一篇《笑读〈文坛登龙术〉》让我想说几句话。我到浙江后，曾买了上下两卷本的《章克标文集》，上卷就收入了章先生那本当初惹出不少闲话的《文坛登龙术》，其时章先生也还健在，可惜我忙于适应初来乍到的环境，竟没有好好利用机会弥补自己对章先生著作的认知盲区，脑子里还只留着那个百岁征婚老者的印象。现在读沙老此文，再找出章先生文集翻翻，才略略明白章先生当初写这本书的初衷，也才略略感受到书中叫人忍俊不禁的那种揶揄笔调。而沙老的解读，不但一一例举书中容易让人对号入座的文坛妙术，而又举重若轻地说出了几句公道话，也算是为章先生解解围。比如这段话：“三十年代文运左倾，文思严肃，文情激烈，文风僵硬，容不下章先生的滑稽（林语堂的幽默也容不下），自不足奇。其实此书不止讽刺左倾，非左倾的照讪不误，整个文坛被一个三十岁的青年作家扫了面子，显出丑陋真相，让人深思。”又比如：“正如李宗吾先生憎恨那些脸厚心黑之徒，才著了《厚黑学》一样，章克标先生瞧不起那些攀爬蟠踞之徒弄脏了圣洁的文坛，才著了《文坛登龙术》，以其表里春秋之笔，俳谐调笑之态，痛加针砭，实有益于世道人心，堪称善举。”以上两篇文章，一庄重，一诙谐，恰好让我看到了沙老人格与风格的两个侧面，这让我觉得自己与沙老的那份缘又的确是存在的。

早在读《十二家》《隔海说诗》的时候，我就每每为沙老文字的诙谐风格所迷，后来读《庄子现代版》，又觉得他简直重塑了一位幽默的、乐天派的智者。我们的文学里从来不缺少雄浑豪放，似乎也不太缺少冲淡自然，甚至也还有不少飘逸旷达，一部《二十四诗品》里唯独没有给诙谐有趣留点余地。直到民国时代也还是常常如此，这或许正是林语堂、章克标、梁实秋辈频遭误解的原因之一吧？迨至今日，似乎也还是一个缺少幽默和有趣的世界，俏皮话之不能说，或说了也白说，甚至有时还要得罪朋友，就是一例。故在这种时候，沙老的妙文就颇可令人解颐，因属文《乐读流沙河》，以酬众书友。

2016年9月22日星期四丁杭州午山

近志摩

对志摩先生，我和我的同代人差不多都是先入为主式的概念植入。什么概念？就是“资产阶级代表诗人”，也就是茅盾所谓“中国布尔乔亚的开山的也是末路的诗人”。我读大学的 1979 年，中国现代文学教材的“正面人物”中没有徐志摩。

拨乱反正，“志摩热”以井喷之势出现了，周良沛编选的《徐志摩诗集》一印再印，供不应求。我购存的这部诗集是 1982 年 8 月第三次印刷本，印数已突破十万册。

因为概念植入得太深，对志摩的偏见就不是一本诗集能纠正过来的。当时某前辈诗人撰文谈闻一多与徐志摩，一个拼命地抬举，一个则拼命地贬斥。极端的话是：闻一多留学美国，日夜思念的是“祖国的花和如花的祖国”，徐志摩留学英国，却只愿“在康河的柔波里，我甘愿做一条水草……”前辈诗人由此质问：这是一种什么感情？

我外祖母是济南白马山人，她十八岁那年，听村里人纷纷议论有架飞机撞山摔下来了，她当然不知道摔死的是谁。我也不敢保证那架飞机就是徐志摩搭乘的“济南号”，但根据她的年龄推算，那一年的确就是1931年，除了徐志摩的“济南号”，似乎并没有别的飞机也撞到西大山上。济南号！济南号！志摩先生仿佛就是宿命般地奔着济南去的。

志摩先生殒命的11月19日，于我则有另一重意义，因为这天正是我公历的生日。这种缘分进一步拉近了我与志摩先生的感情。

这种感情促使我写过一首有关徐志摩的小诗，开头叫《白马山》，后来入集的时候改成了《徐志摩遇难处》。诗曰：

从天空飘下的片片雪花
而今在草叶上抽出诗意

曾经有蹄声响过又沉寂
农人的地头年年长新芽……

有惋惜，有慰问，只是过于简略，没能写出更丰富生动的志摩先生。不过，我的确又读了不少他的书和写他的书，我对志摩先生由隔膜而接近而理解，如今我不但确信他是一个最纯粹的人，也确信他是一束暖光、一份希望……

说到志摩先生的历史功过。在当初植入式概念的支配下，我也曾抱着满脑袋正气凛然的价值观去考察徐志摩一生究竟做了什么经世济国“有意义”的事，考察的结果是：一、志摩曾经有过许许多多的大理想大志向，譬如想做中国的“汉密尔顿”什么的；二、志摩最终真正有所成就的却只是他的诗，其他的理想全打了水漂，这让我慢慢意识到他唯一的身份或许就只是一个诗人！既然如此，我、我们，还有什么话好说呢？回头再看鲁迅先生对志摩的责备，似乎没错，可又似乎说不太通。谁说诗人必须都长着一张杜甫式的面孔来着？谁说诗人除了做牛做马，就不能做一只“像是春光、火焰、像是热情”的黄鹂呢？责备志摩轻飘如鸟，那不就等于责备一只蝴蝶为什么不是一架战斗机么？

2016 年 11 月 19 日

志摩先生罹难 85 周年

张爱玲：一轮瘦不下去的月亮

张爱玲是谁？是当年上海沦陷时期的当红才女作家，是台湾、香港和海外不少文学后进心目中的“祖师奶奶”，是20世纪80年代重返大陆持续发热发光迄今不衰落、不黯淡的文学恒星。

不过，回到20世纪50、60年代，从我出生、接受学校教育，包括小学、中学甚至大学，我都没听任何人提到过这位叫张爱玲的作家。

不是无缘，是无缘走近和了解。从这个角度说，做人是一件很悲哀的事，有些时代有些事，你就没办法穿越。

1986年，北京的出版机构第一次把这位远在太平洋彼岸的作家请回来，重印了她的《传奇》，我有幸买到一册。这是我与张爱玲结缘的第一步。

第一篇《金锁记》，一下子轰毁了我先前建立起来的“现代文学”概念，那仿佛“铜钱大的一个红黄的湿晕，像朵云轩信笺上落了一滴泪珠，陈旧而迷糊”的三十年前的月亮，让我又熟悉、又陌生。

此后，张爱玲进入我的私享空间，而从职业角度，我也开始在公共空间向更多的学子推介张爱玲。

从现代文学经典的意义上说，《传奇》堪比《呐喊》《彷徨》《离婚》《边城》《围城》《结婚》这些民国以来产生的一流小说。我惊异于作者那种不动声色而又刀刀见血的刻画，《花凋》，那无异于一部现实版的卡夫卡《变形记》。至于《秧歌》和《赤地之恋》，虽有老者指认为“坏作品”，从我的阅读感受出发，倒觉得并不尽然。艺术的水准或有所失，生活的底片却似乎多出些什么，它们让我看到了流行的同类作品中看不到的一些东西，那沉陷在历史记忆深处的生活的另一面。

1995年的一个秋日，忽然就传来了张爱玲客死他乡的消息。当时，借着一次师生纪念晚会，我以一首小诗表达内心的怅惜、感慨：

当年海上花，一顾可倾城。
孤影窥秋月，闭门写心经。
曾经沧海恨，无奈百年情。
聪明一代女，遽尔成飘零。

若干年后，看了李安导演的电影《色·戒》，才补读这篇据改了又改的后期之作，奇怪的是，我竟没找到原先那种张氏小说特有的强烈和尖锐。对照电影的斑斓画面，想到历史的荒诞与人性的诡异，禁不住手痒，又写出一段语体小诗：

粉红色的戒指
箍紧了女人心

忘了自己
也是一个陷阱

毁誉一念中
历史的车轮
滚着先烈的血迹前进

不消说，“先烈”云云，是我个人对人物的理解甚至改写，张爱玲关注的却不过只是一个未成熟女性左右摇摆的芳心。

张爱玲，一个有故事的上海女人，写了另一些置身在晦暗的时间角落里的女人、男人的故事。我想，三十年来，一拨又一拨的张迷之所以放不下张爱玲，或许大半是因为自己也有些张爱玲式的故事，或者说，没准儿自己就是张爱玲小说里那些得意着又哀怨着的女人和男人。

原来，看张，也是从镜子里看自己。

2016 年 11 月 19 日于杭州午山

闻铎录

近木心

——木心五周年祭

我最早看到木心其名其书，是在浙工大之江学院的图书馆里。那天下了课去翻书，突然就看见新上架的一套个人作品集，绛红色封面诗集《我纷纷的情欲》给我印象最深。印象深，一是表达方式特别，“情欲”而又“纷纷”，且“唇涡，胸埠，股壑 / 平原远山，路和路 / 都覆盖着我的情欲”，不能不让我顿生惊艳之感；其次是作者“原籍浙江乌镇”却又“移居纽约”，彼时我正留意浙籍现代留学生文学家的信息，看到这个简介不由得眼前一亮；其三，看了作者西装革履坐在雪地椅子上一脸凛凛然的表情，又翻了几页诗集中相当古奥深邃的句子，我有了一份“高处不胜寒”之感——哦！世界真大，秘密真多，时时让我们猝不及防地发现一些什么。

可我还是把书搁回原处了。木心脸上凛凛然的表情让我有些压力，结果就拉开了距离，那种特别的文体，则让我欲近又止，魅惑与障壁同时存在，我选择了暂时放下。

这一放，就错过了走近木心的最好机会。

再度拿起木心作品，已是木心辞世之后。2011 年的下半年，我经历了两次死亡，9 月初老父病逝；到年底，木心故去的消息发布在杭州的报纸上。我曾经犹豫要不要赶去乌镇送行，最终还是没去，我通过媒体关注着有关这件事的种种报道，心里有隐隐的撕裂感。

先是借到图书馆存书《读木心》，试图从别人眼里打量这位失之交臂的老人，而除了一些类似高山仰止的颂词，似乎终不得要领。《文学回忆录》出版后，杭州晓风书屋邀来陈丹青、曹立伟等三人与读者见面，我在课上通知了学生，自己也跑去，又一次看到那么热情的为一个作者、一本书而里三层外三层的场面。小小的两个房间里满是年轻的、严肃的脸，我根本挤不进去，只能在屋角沙发上模模糊糊听到几句陈丹青和读者的对答，踮着脚尖高举相机透过缝隙拍下几张照片。

《文学回忆录》是我买下的第一种木心著作。说是木心著作，其实并不全对。因为这是陈丹青笔录的木心讲稿。从讲稿到真实的课堂讲述再到他人的记录，其间的差异可谓大矣，这是我在木心故居开放时看到当初木心讲课的录像后感觉到的。木心的授课语言毕竟更接近口语，口音虽七分普通话又三分江浙，陈丹青的笔录显然经过一番去芜存菁的打磨甚至修辞上、风格上的再加工，遂使口语化的课堂讲授转化为一部风格显著的新《论语》，实在应算是二人合作的产物。

整整一个暑假，我沉浸在木心的《文学回忆录》里，把一个薄薄的笔记本写满了。这是一番摘录、整理的初步工作，我想看看水落石出之后呈现出来的木心精神旅程线索。看完了，摘录过了，我长舒一口气，在我还没有进入木心自己的文字世界之前，我先对孕育木心及其艺术的渊源有了些许了解，且由此产生了对木心的一个判断：木心很可能就是20世纪中国文学那最后一个大家，他最重要的文学成果都完成于20世纪最后二十年中，他以这些成果将中断于外患内忧之际的中国文学传统——旧文学与新文学的两个传统衔接起来，也使我重新找到了无形中消失于无声的那条遒劲的浙江文脉。只是可怜，可怜木心这条奔涌在地心深处的江流，在国内大一统的文学圈里几乎没有引起任何声息，此乃大隐隐于浮世耶？

读完了《文学回忆录》，接着把先前被我放回去的那套广西版“木心作品集”再次请回来，又网购了广西版第二套作品集，按文体不同依次读来，还是以做札记的老办法，于是有了《木心诗集六种札记》《木心小说集阅读札记》等等。木心论及鲁迅有警句曰“虔诚的阅读才是深沉的纪念”，我无条件认同此言。说来惭愧，这么多年来，我全神贯注读完过的作家全集不多，在这不多的几位文学家中，木心是我精神气质上最觉默契的一位。

这全部作品当然也包括《木心画集》。我找了几个图书馆，最后在浙图看到这本很大的精装画集，翻过之后，一时陷入失语状态。我本来就不懂画，尤其不懂绘画的技法，一点可怜的国画、西画阅读经验帮不上我任何忙。照说木心师出杭州艺专，应该从他的画里找到某些蛛丝马迹，那么这些画与林风眠有关联吗？不过我倒恍惚觉得木心与另一位艺专出身的赵无极似有异曲同工之处。小处具象，大处抽象，浑然处如水墨，细微处则似天工，因我常由其画联想到冬日玻璃窗上自然生成的窗花，意蕴全凭想象产生。

在差不多读完现有木心作品、访谈及相关文献后，虽说木心身世之谜和文本之谜并未彻底洞开，自己也深知对木心的求解绝非一次性的，不过至少，我开始把木心与我此前所知的当代文学家们比较，甚至把他放在整个20世纪中国文学的背景中打量，且有了另外一些判断。

一个判断是，木心是具有大悲悯情怀的文学家，就此点而言，他具备世界一流文学家的素质。木心对大艺术家有自己的要求："一头脑，二手段，三心肠，头手心，也就是思想技巧情操，三者都上上，是一流人物，三者缺一，二流人物，三者缺二，或者都平平，不入流，即使当时风光，传不长的。”（《同情中断录》）

再一个判断，木心是有世界眼光和普遍价值观、艺术观的“通人”，他既可属于某一特定区域如乌镇、如江南、如中国，又更属于普遍的人类之心，参透了地球人类自古迄今积累起来的人文精神旨趣。木心谈及他的精神渊源如此表述：“我们不断地看到南美、中东、非洲、亚洲的那些近代作家、艺术家，谁渗透欧罗巴文化的程度深，谁的自我就完成得出色，似乎没有例外，而且为什么要例外，外到哪里去？所谓现代文化，第一要义是它的整体性，文化像风，风没有界限，也不需要中心，一有中心就成了旋风了。”又说：“我只凭一己的性格走在文学的道路上，如果定要明言起点终点或其他，那么——欧罗巴文化是我的施洗约翰，美国是我的约旦河，而耶稣只在我心中。……我挂念的是盐的咸味，哪里出产的盐，概不在怀。”（《仲夏开轩》）

其三，有了以上两个条件，木心遂成为“文化大革命”之后在文学传统上能够深层次衔接中国古典文学和“五四”新文学之不多的几个人之一，且就对中国古代和现代文学的融会贯通而言，木心几乎就是唯一的一个。

木心是文学家，亦是画家，文学家加画家，综合起来或可称为艺术家。而艺术家之为艺术家，仅有上面三条仍然不够，盖艺术家必须以作品说话也。对木心的画作，我毫无能力从美术史角度认知与评价，对木心的文学作品我虽然也不敢且亦无力妄言，而以我对汉语现代诗的粗线条了解，我暂时能说出来的只是：木心的诗走的完全是自己的路子，在民国以来形成的现代诗传统中他似乎渊源有自，而又似乎绝无依傍。渊源有自，以其诗的纲领中融汇或曰默契了现代诗的一些重要理论；绝无依傍，是说其诗的质地又大面积地颠覆了现代诗业已形成的某些教条如音乐性、白话体云云。我以为至少就诗而言，木心以其毕生慧心熔铸独一无二之“木心体”不期然而然地跻身于 20 世纪后半段少数几位大诗人之列，是无须争议的。这是我的第四个判断。

不过说到“近木心”，倒并非仅就其文学地位、文学成就言，乃为木心先生“楼高清入骨，山远淡失巅”的纯粹人格所吸引。先生有云：“所谓伟大的性格、伟大的思想、伟大的行为，世界只承认其业绩。旅游者看到的是高高低低的纪念碑，伟大而无纪念碑的人也许更多，因为他们不像哥德、蒙田那样肯屈尊，肯随俗。也不像纪德、萨特那样地乐于比持久，争不朽。”（《爱默生家的恶客》）故“近木心”，即是明白了世界和人的大限，在彻底的悲观中趋于澄明和淡定，然后——

然后就是“心安理得地爱艺术”：

> 当一个人历尽恩仇爱怨之后，重新守身如玉，反过来宁为玉全毋为瓦碎，而且通悟修辞学，即用适当的少量的字，去调理烟尘陡乱的大量人间事——古时候的男人是这样遣度自己的晚年的，他们虽说我躬不悦，遑恤我后，却又知优哉游哉聊以卒岁，总之他们是很善于写作的，一个字一个字地救出自己。救出之后，才平平死去。(《卒岁》)

艺术之树，可以植兮；木铎之心，可以近兮……

> 你是真葡萄树
> 我愿是你的枝子
> 枝子不在树身
> 自己无能结果
>
> 你是真葡萄树
> 我将是你的枝子
> 结果匍匐累累
> 荣耀全归于你
>
> 你是真葡萄树

我已是你的枝子
枝子夜遭摧折
旦明茁绽新枝

你是真葡萄树
请你把不结果的
那些枝子剪去
使我结果更多

2016年12月26日于杭州午山

『一个字一个字地救出自己』

——木心·文学·自我救赎

一

木心文字若干特点中的三个：一是记游之虚构性，二是独具个人性之生僻字的活用，三是散文中的比兴手法。兹举一例看看。

台版木心《散文一集》，序言中有写北方城市哈尔滨的一段：

> 中国的“哈尔滨”，这个名字的意译是“晒网场”，也是渔网，也流行抽烟饮酒，还有不少打靶场，还有一条“马街”，没有马。中国的北方大都吃粗粮，怎么办呢？啤酒是液体面包，反止我停不了几天。酒店在哪里？空跑了一个多小时，只好开口问，才知道凡是门口挂有彩色纸球，好歹是卖酒的，难怪沿路时见此种日晒褪色的打裥的纸球高悬楣梁，门和窗倒是关着的，竟是酒店。

……在第四家找了一张邻窗的小板桌，后窗，窗外乌黑的杂物堆得只漏一块手掌般大的蓝天。我身上除了汗还是汗，夏日正午，多走了路，这酒店好比蒸笼烤箱——也许会死在哈尔滨。

……那少妇——中国南方从不见有上酒店独酌的女人——时而全跏，时而半趺，一口一口手势分明地抽烟，手势也很分明地饮酒，在南方是没有的。

哈尔滨还有些灰色的楼房……

……我能比三十年前沦落哈尔滨时要老练镇定得多了……

文学也是这样，很闷人，一个字一个字的聚合物……

污秽杂乱的文字，总也有不期然而然的空隙，容或青穹可露，凉飔可逸……写作者和阅读者是一个人，怎会是两个人呢？是一个人。

……

哈尔滨何尝可以完全抱怨呢，松花江对面是太阳岛，“道里”的一条繁华的街上，有白俄罗斯商贾开的“斯陶俩尔”皮货店，夏天也不歇业，满堂屋毛茸茸地。一侧玻璃柜中罗列不少古典饰物，我看中某只观赏歌剧时用的“单罩”，即有长柄的独片望远镜，还有可爱的，江畔的大阳伞下，老人瞑目端坐，娟娟少女斜签着捧书朗读，前面是一望无际的松花江，男性气概的熏风吹得畅洋，使我既羡慕那位年老的，也羡慕那位少的，更羡慕那本被捧着的书，如果一旦是我写的书，那么再羡慕什么呢？羡慕那个开始动手造出废墟的人，如果没有那种人的呢？那么我羡慕苏佛克郡的渔民……

从文字对哈尔滨一个小酒店、酒店中一个独自饮酒的北方女性以及松花江边一老一少的细腻描述来看，似乎应该绝对相信木心确曾有过这么一次哈尔滨之行。假如序言写在 1986 年 2 月之前不久，那么三十年前的夏天就是 1955 年，木心二十七岁，在上海郊区高桥中学任教。假如所写属实，那么木心就该是这年暑假去过哈尔滨“办事”！

问题是：除了这段文字，却找不到任何他人或文字为木心这次哈尔滨之行进行验证。与此相同的是，序言里所写“三十年后”在英国的苏佛克郡为书写序也没有另外的人或文字作证。那么，至少就有了两种可能：或许木心真地去过一趟哈尔滨而不为人所知，或许是木心惯用的“虚构性”神游写作方式。就如他在其他文字里漫游日本、印度、西班牙那样。

其二，引文中的“打裥”“全踋”“半趺”“青穹可露，凉飔可逸”“畅洋”，或属于传统文化中的古旧词汇，或属于个人化组合，皆为当代文学中少见的字眼。对此，有人激赏，有人诟病，无论激赏还是诟病，作为木心文字风格之突出表现，则值得关注与研究。

其三，此篇序文落笔就写在英国苏佛克郡游历，游历中又回忆“三十年前”的“哈尔滨之行”，初看不明白作者用意，细看则看出眉目。即如“文学也是这样，很闷人，一个字一个字的聚合物……”“污秽杂乱的文字，总也有不期然而然的空隙，容或青穹可露，凉飔可逸……”，那是从对“哈尔滨之行”的描述亦即“起兴”中，引发出的对文学写作的感悟，至此也就明白序文写游历的真实意图。绕如此大的圈子，原来是要升华出一点个人的“文学理论”！这不正是最古老的比兴之法吗！

短短一段文字，亦可见出木心文字之风格、文体。

而这，不过是被称为文体家的木心之冰山一角的文体特征。

二

“一个字一个字地救出自己”，出自木心散文《卒岁》。

理解这句话，是要理清三个疑问：一是何以言“拯救”？二是何以用“文字”？三是何种“文字”？

狄更斯《双城记》开篇，人们熟悉的那段话：“那是最美好的时代，那是最糟糕的时代；那是智慧的年头，那是愚昧的年头；那是信仰的时期，那是怀疑的时期；那是光明的季节，那是黑暗的季节；那是希望的春天，那是失望的冬天；我们全都在直奔天堂，我们全都在直奔相反的方向——简而言之，那时跟现在非常相像，某些最喧嚣的权威坚持要用形容词的最高级来形容它。说它好，是最高级的；说它不好，也是最高级的。”（狄更斯：《双城记》，孙法理译本）

这段话之成为经典，不过是因为说出了人们在任何时代都会有的共同感受，狄更斯所写的18世纪是这样，20世纪其实也还是这样。21世纪已有十七年，似乎也可以如此描述，甚至更可以夸张些。木心也有句话，恰像为这段话作他个人经验的注解：“我恨这个既属于我而我亦属于它的二十世纪，多么不光彩的丧尽自尊的一百年，无奈终究是我借以度过青春的长段血色斑斓的时光，我，还是，在爱它。”（木心：《迟迟告白》）

木心对狄更斯的注解出自他的个人经验，是他对20世纪个人爱恨情仇的一种表述。木心活了八十四岁，其中20世纪七十三年，21世纪又十一年，除了20世纪初期的近三十年乱世，至少从他晓事后，20世纪最重大的二次大战、大战后又数十年的冷战，冷战期间十年水深火热的炼狱，他都是亲历者，且有个人受难的二十年，而所谓“不光彩的丧尽自尊的一百年”却又一定不仅仅是对个人身世的感慨，应该也包含着他对整个世界和人类的打量与思考。

《而我辈也曾有过青春》，回忆战后上海的学校生活，其中有句：“艺术学校天荒地老的宿舍里/吃美国大兵剩下来的饲料/读俄罗斯悲天悯人的长篇小说/八年离乱熬过去了/人躺着，两脚高搁在床档上/满脑子意大利文艺复兴法国印象派/这便是我辈动辄大言不惭的黑色青春。”一个“熬过去”，一个“黑色青春”，已足够揣想二战给木心烙下的心灵伤痕。五言诗《如偈》中“荣辱万事过/贵贱一身兼/我亦飘零久/移樽美利坚/避秦重振笔/抖擞三百篇”几句，也颇耐寻味。这跟他在《文学回忆录》中所说一句话可以对照来看：“因为活，我爱，因为爱，我写——我爱中世纪，读懂我的书，要懂得中世纪，才能真明白。”尤其是“避秦”“中世纪”之语，再清楚不过地透露出木心文学的历史背景。

再看《梦中赛马》：

成名，好像梦中赛马
成名是再要无名已经不可能了
回想过去的三十年、四十年
每秒钟穷困，每步路潦倒

阴霾长街，小食铺
几个难友用一只酒碗轮流喝
那种斯文，那种顾盼自雄

屡败，屡战，前途茫茫光明

每秒钟每步路都穷困潦倒
三十年，四十年过去了
成名，好像梦中赛马
再要隐姓埋名已经不可能了

“回想过去的三十年、四十年 / 每秒钟穷困，每步路潦倒”，即使这短短两行诗，已足见木心内心的苦难。这是写他自己，佐证呢？佐证就是 1956 年、1967 年以及 1971 年前后三度被囚禁的生活，第一次，木心三十岁不到，囚禁半年；第二次，木心四十岁，以“现行反革命”罪被上海静安公安分局关押一年半；第三次，四十四岁左右，囚禁于工厂地下室数月。

囚禁，关押，这还只是人生戏剧的“高潮”部分，也许更难应对的还是一天又一天难熬的日常生活。

在所谓“不读木心的 10 个理由”（胡赳赳：《木心：中国目前缺少的不是国学大师，而是诗人》）中有“他不涉及时政” 一条，如此“心得”，或许只适足证明读者的粗心。我的感觉恰恰相反。

随便举一例：散文《烟蒂》开端部分即以“有人向我讨烟”引发回忆：“我经历过烟的恐慌期，那时衣食问题同样匮乏得像处于大战的噩梦中，苦闷的心情，借酒消愁则没有酒，粗劣的烟叶也找不到，用茶叶、桑叶、珍珠米的须，都卷起来抽——那时倒反而没有人向我讨烟了，绝望使人明智，大概总是这么回事。”这还不够“时政”吗？

那么，在这样的时世之中，除非以“死”逃脱，否则就必然有一个如何拯救自己的问题。

对此，木心的回答是：“我不喜欢哭哭啼啼，小女儿一样，要么就天地之间放声大哭，要么就闷声不响，就怕吃一点苦啊，讲不完地讲。而且聪明的读者能够读懂，我如此克制悲伤，我有多悲伤。历史在向前进，个人的悲喜祸福都化掉了。我对自己有一个约束：从前有信仰的人最后以死殉道，我以‘不死’殉道。‘文化大革命’期间，多少人自杀，一死了之，这是容易的，而活下去苦啊，我选难的。可以向死的机会很多，我都挺过来了。监狱里面，饭吃不下，硬塞也要活下去。小时候，家里几代传下来的，是一种精致的生活，后来那么苦，可是你看看曹雪芹笔下的史湘云，后来要饭了，贾宝玉，敲更了。真正的贵族是不怕苦不怕累的，一个意大利作家写过，贵族到没落的时候愈发显得贵。”（李宗陶：《木心：我是绍兴希腊人》，《南方人物周刊》，2006 年 26 期）

《同情中断录》中也写道：“在十年浩劫的荒谬时空里，

唯深谙韬略者才可能免于一死，现代乱世，还得用古典哲学应对周旋，来势刚之又刚，我便柔之尤柔，忍无可忍，忍之毋误，理念已经简化到‘生’就是胜，‘死’就是输。”“直到我十二年劳改后，才不怕高尔基。”（木心：《文学回忆录》）

在这样的以生殉道选择中，文学、艺术之于木心，便是最体己的拯救工具了。

三

我是一个在黑暗中大雪纷飞的人哪

这是木心最具个人风格的单行诗之一，标题就一个字：《我》。

最简单的一行，也是最意味深沉的一行，具现木心人格与诗格。“诗可以兴，可以观，可以群，可以怨”，对木心而言，文学甚至比绘画更适合表达他对历史、生命的理解与认知。

诗人与艺术家的禀赋，决定了木心拯救自我的方式。

从 1989 年到 1994 年，整整五年的时间，木心应约给聚集在纽约的十余位中国年轻艺术家讲世界文学史，从陈丹青记录、整理的《文学回忆录》看，其中时时有木心对自己一生的回顾和沉思，授课中间时时穿插着他对个人选择的梳理，实为夫子自道。兹举数端：

> 人生，我家破人亡，断子绝孙。爱情上，柳暗花明，却无一村。说来说去，全靠艺术活下来。（P152）
>
> 因为活，我爱，因为爱，我写——我爱中世纪，读懂我的书，要懂得中世纪，才能真明白。（P243）
>
> 人世真没意思，因为真没意思，艺术才有意思。（P394）
>
> 幸福，就是心安理得地爱艺术。（P616）
>
> 爱情是中间段，你嫉妒什么？左面是欲望，右面是思维。我把爱情抽去后，欲望不可能了，就往思维那边发展——我用荷尔蒙写作。（P1040）
>
> 文学是可爱的。生活是好玩的。艺术是要有所牺牲的。（P1067）

实则，他从年轻时就曾引述福楼拜之语表达他对艺术的倾心："艺术广大已极，足可占有一个人。"（木心：《海峡传声》）在后来写的回忆录《迟迟告白》中也有这样的申述："我与西方的朋友们共同祈祷，这是一场植物性战略性的文学安魂弥撒。"此一句表露木心更为宏大的文学构想，远远超出"自我赎救"范围。

还有《卒岁》中的一段话："当一个人历尽恩仇爱怨之后，重新守身如玉，反过来宁为玉全毋为瓦碎，而且通悟修辞学，即用适当的少量的字，去调理烟尘陡乱的大量人间事——古时候的男人是这样遣度自己的晚年的，他们虽说我躬不悦，遑恤我后，却又知优哉游哉聊以卒岁，总之他们是很善于写作的，一个字一个字地救出自己。救出之后，才平平死去。还有墓志铭，不用一个爱字不用一个恨字，照样阐明了毕生经历，他们真是十分善于写作的。”

只是需要注意，木心对艺术、对文学的倾心是一贯的，从年轻到老年并不曾有大的改变，而只有在炼狱般的非正常生活中，他才真正产生了上述对艺术、对文学的看法，即那种“所向无空阔，真堪托死生”的情怀。这跟一般人所谓“玩文学”心态更是相去何止万里。

“用适当的少量的字，去调理烟尘陡乱的大量人间事”，这是从个人所处具体时代背景角度而言，“人世真没意思，因为真没意思，艺术才有意思”，则是从整个生命存在的荒谬性角度而言，带上一种哲学化意味了。

即是说，对木心而言，文学、艺术的“拯救”功能（意义、价值），是包含从现世际遇和哲学化存在双重角度的估量的。

四

木心创造了一个独特的文学世界和美术世界。照他自己的趣话，本来他还可能创造一个音乐世界，而身上的文学家与画家“合谋”，把那个可能的音乐家给谋杀了。

说木心的美术世界“独特”，不妨引述上海画家陈巨源一段有趣的回忆：1976年某一天，木心向几位朋友“展示了他的一套极为特殊的艺术作品”，作为他自己五十岁的印迹，自然有“博得一片赞扬之声”的期许，不料“众人对他这种全新的艺术太过陌生，不知如何评说，都保持了沉默”。此种反应，使木心“嗒然若丧”，竟至独自买醉一回！（陈巨源：《与一代奇才木心的交往》，《木心逝世两周年纪念专号》）而至木心辞世之后的某年，陈丹青收到英国BBC电台大型文献纪录片《世界文明》导演艾什利先生来信，称“木心可能是这部关于山水画电影的第一个故事”。导演进一步说明选择木心的“理由”：“无论山水画作为慰藉、作为灵感的来源，是对天堂的向往抑或伊甸园的挽歌，木心的故事会让我们体认：山水画可以如此个人，同时，还能寄托画家的憧憬和慰藉。我们对记录木心的故事感兴趣，它可以代表非常传统的中国式山水画艺术。”以至陈丹青发出这样的感慨：“老头子要是活着，读到，我猜他会一愣：慰藉、灵感、天堂、伊甸园……？他的转印画居然潜伏着这位英国人所窥见的历史线索？他竟‘代表非常传统的中国式山水画艺术’？”（陈丹青：《绘画的异端》，《木心研究专号·木心美术馆专辑》）

说木心的文学世界“独特”，亦可从两方面观察。一是听其夫子自道，二是窥其文本理路。

木心既然把生命的乐趣全部寄托到文学艺术上去，自然是义无反顾，同时也就把如何构建他自己的艺术世界、文学世界当作毕生最重要的课题。这方面他也有太多表述。比如在《文学回忆录》中就引弥尔顿的话说：“‘每一行都要表现自己的性格。’这是我终生追求的。”

又说：“模仿塞尚十年，和纪德交往二十年，信服尼采三十年，爱陀氏四十多年。凭这点死心塌地，我慢慢建立了自己。”

老年回到乌镇，他撰文纪念鲁迅，谈及“文体”问题：“鲁迅这种强烈的风格特征，即得力于他控制文体之为用。文体，不是一己个性的天然自成，而是辛勤磨砺，十年为期的道行功德，一旦圆熟，片言只语亦彪炳独树，无可取代，试看‘五四’迄今，谁有像鲁迅那样的一枝雷电之笔。”（木心：《鲁迅祭　虔诚的阅读才是深沉的纪念》）也不过是从个人经验角度对鲁迅表达认同。

除了总体的关于文体、风格的建立，对于自己写诗、写散文、写小说，木心也有大量的经验之谈；至于具体笔法，由《文学回忆录》分解出来的《木心谈木心》一书记载尤多。

若从读者角度观察，会强烈感受到木心风格在现当代文学家中独一无二的特性，这格外体现于他的诗作和散文中。

被谱曲传唱的诗作《从前慢》，如以现当代诗固有的经验阅读，会感到从未有过的陌生感而似乎面临一种挑战，因为它显然不是新诗建立以来任何一种较为定型的模式与风格。它不能像徐志摩那类诗去“朗诵”，也不同于卞之琳、穆旦的“象征”，更不同于所谓“新民歌体”或郭小川、贺敬之那类“政治抒情”，朦胧诗就不要说了，可也不同于当代流行的“口语体”。即是说，木心的诗似乎并不在现当代汉语诗的谱系之中。

木心的诗，只能说是木心体。

它不“格律”，不“象征”，不“民歌”，不“抒情”，亦非流行于当代的“口语诗”但又确具口语性。

它冷极却又暖人肺腑，非音乐却又扣人心弦，不抒情可是动人心魄，极口语而同时极古雅。

再一首《它们在下雪》：

雪就越下越大
我是说雪朵的大
从未见过这样大的雪
像绣球花，飘飘绣球花
不停，尽飘不停

我开了门，直视
雪朵也快乐自己的大
小的也有孩子手掌那么大
必是好多雪片凑在一起
松松，虚虚，团团的白
地面屋顶很快就全白了
雪的浩浩荡荡的快乐
我的快乐就比不上
雪是飘的　我呆站着

当代不少诗人追求诗语的惊警，用词、句式、修辞讲究“惊人”，其内在地含有对阅读者强烈的“征服欲”，假如诗人用心良善，意在传达发自内心的美好，自然也就无可厚非。若是只求读者记住那些越写越大的“我、我、我”字，便觉有些僭越。木心也追求用字用语的个性化，而其出语则平易冷凝，用心更是温煦和平，在在印证着他“头脑、心肠、技术”三位一体的观念。体现于《它们在下雪》，则以拟人态度写雪之“浩浩荡荡的快乐”，又以雪之潇洒的飘飞反衬自己的“呆”，通过诗人看似不假修饰的自然口语，读者感受到的完全是对世界、对生命的暖暖体贴。相比之下，那些徒然在诗里声嘶力竭凸显“自我”者，倒引人怜悯了。设想以《它们在下雪》这样的诗作给孩子们做“诗课”的教材，该是多么暖心！

木心尝谓：“在文学上，凡是‘只可意会，难以言传’的思维和意象，字句的功能就在于偏要绝处逢生，而且平淡天真，全然口语化，令人会心一哂，轻轻带过，不劳注目。”（木心：《鲁迅祭 虔诚的阅读才是深沉的纪念》）又尝谓：“识时的知趣的现代诗人都重感觉，重悟性，用眼来听，用耳来看，用皮肤来思想，用脑子来抚摩——现代诗人是冷贤的，善节制，风雅内敛……”（木心：《海峡传声》）都是对阅读木心诗作者必要的提示。

2017年9月19日改定于杭州午山

《同情中断录》是木心旅美后期作品，写于 1998 年 9 月 10 日，从一些资料了解，当时木心住在纽约皇后区公寓，是在纽约住过的最后一个地方。

我尚未读到木心作品的台湾版本，由网上介绍，此文曾与另九篇回忆录性质的散文结集，书名就以此篇篇名名之，由旭侑文化事业有限公司在 1999 年出版，却没有收入后来大陆出版的木心作品集中的任何一种，不知什么缘故。

篇名"同情中断"当取自其在篇首所引李健吾译福楼拜小说《情感教育》第三部第六节开头一段："他旅行，他回来，他经识了废墟的晕眩、驼铃的寂寞、帐下寒冷的醒寤、同情中断了的辛辣。"篇中又数次涉及此语，一次在叙述到"杭高"的"学生兄弟们"趁国庆假日来莫干山欢聚的中间，突然穿插一段关于纪德"要爱而非同情"、福楼拜"同情中断了的辛辣"的议论，又一次是到上海浦东后的寒暑假聚会中，与七个学生中的两个齐弘、韦仲讨论、推敲福楼拜用语的准确，再一次提到“同情中断”是到了文章末尾，经过了七个优秀弟子变的变、毁的毁种种“同情中断了的辛辣”之后，诗人感慨：“‘是爱而非同情’，这本是尼采的嗓音却由纪德吐露出来，尼采是烈酒，纪德是葡萄酒，而我们，我们二十世纪的下半叶，没有上半叶那样的阔气了，我们哪有脸面说‘是爱而非同情’，晴空游丝般的同情也中断而飘失。”

而文章最后的两段是：“他人给予我辛辣，我回报了加倍的辛辣，不过在感知的层次上他们的浅，我深，因为我比谁都弱，呆，畏于承当摧残。”“曾经良善到可耻，我不再良善到可耻了。”

需要说明的是，木心依据的《情感教育》，是李健吾的译本，而在不同译本中，“同情中断了的辛辣”一语或被译为“感情破裂后的痛苦”（席继权），或被译为“好感消失后的心酸”（王文融），不一而足。译文的差异，表明“同情”一词亦可解为“感情”“好感”诸义，总之属于不同于或逊于“爱”的一种人际情谊吧。

那么，这种“同情”或“情谊”具体到此文所写，指的是什么？而又何以“中断”？而这种中断又何以令诗人感觉“辛辣”且“回报了加倍的辛辣”，而又发出篇末“我不再良善到可耻了”那样沉重甚至残酷的感慨呢？

七个各具禀赋的中学生，一个初登讲台的青年教师，在一个学期的亲密交往中缔结了新鲜的也是浓烈的情谊，然后持续——持续到分别后的假日团聚、又一个年头的异地追随，之后，之后，人生道路的陆续展开、政治情势的倏然变异、生存重压的日益凸显，让七个如花的少年突然或者渐渐变得面目全非，终于一个一个让始终怀着梦想和爱的青年老师失望乃至绝望了。

七个学生，走在不同的生命路上，结局各不相同。

“学生兄弟们各奔前程，音讯寥落，有的连地址也遗失，或迁徙不复来信——‘艺术道路上的伙伴’，初衷是真实的，现实是虚妄的，更有甚者，往反面反方向鼠窜而去。”

曾经“斯文多礼，声言恳切”的维柯一再骗取老师的同情，甚至偷了老师珍贵的存书去卖钱、去送人，借偷窃诈骗以营生……

曾经热心追随老师的敏特，一旦在政治运动中遭到审查，竟反诬老师是幕后操纵者……

曾经“细细心心保持着个人主义一叶扁舟”的乐济，在逃避不了现实之后，反而摇身一变，“写些媚俗有方的文章频频发表，俨然菁英名流，他要‘成就’，不要‘心灵’，一步两个脚印走得起劲”……

就连曾经最弱的韦仲，“生性随和，极易坦诚相处，唯其病弱，尤其宽容体恤”，近五十年后却也变得面目全非、“淫得不像人了”……

“四十年贫贱不能移，韦仲做得到。十年浩劫的威武，他屈节，把我寄藏在他家的文稿缴了出去，改革开放，生计好转，这不能算是富贵，怎么就淫得不像人了。”

对这样一个曾经“屈节”把老师怀着托孤心情寄藏他家的文稿上缴的学生，木心显然并未深究，而是理解了、宽谅了，否则不会在回国时为其准备“九本文集，三本画集，旅行世界的照相集，以及一匣莫札特故乡萨尔斯堡的巧克力”这样丰厚的赠礼——“我的意思是较完整地把我十五年的经验和成果让他有个纵观，没有什么夸耀，我所做到的不过是诚实、勤勉。”

可是，“想不到这个弱者已变得这样的强了”。

还有那个曾经诬陷老师、给木心带来第一次牢狱之灾的敏特，几十年后听说老师在海外有了名声，竟然又笑嘻嘻地凑拢来，欲再次借重老师的声望为其所用……理所当然地遭到了拒绝。

常有人说师生之间的情谊是纯洁、最纯洁的，实则这所谓纯洁与其说实有，倒不如说是一种期望中的幻影。真实的交往必然如世间其他交往一样，有真诚，有利害，有互惠，有冲突，有温暖，有背叛，所谓纯之又纯，在这充满欲望的人世间又哪里真有呢！也许相对而言，学生时代较为单纯，但他们总有长大的时候呵，一旦成年，进入红尘滚滚的社会，功利、世故甚或市侩之心随之膨胀，那纯洁的少年之心难免不走样。飞黄腾达的，自以为是的，看破红尘的，世故练达的，自然个个都练就一套欺世、混世的神功，回头再看当年的“老师”，心头氤氲的，也许只是“山登绝顶我为峰”的一份自豪感吧？

那么，所谓最纯洁的情谊也无非两种结局：要么彼此有礼貌地保持这情谊，尽量压抑那奔腾着的骄傲之心；要么死心塌地地服从功利之需，撕破那温良恭俭的面纱，于是乎“同情中断”，继而体验那同情中断后的“辛辣”“心酸”“心痛”……

如果没有过太多这样一次又一次付出而又一次又一次受伤的经历，又何以吐露出“曾经良善到可耻，我不再良善到可耻了”这样沉痛甚至是残酷的心声呢？

《同情中断录》，让我看到木心的忧伤。

2013 年 11 月 3 日于杭州德胜颐园客房

木心：中国文学局外人？

木心生于乌镇，死于桐乡，而乌镇和桐乡作为20世纪中国文学地理坐标中的重镇，先后滋养过陆费逵、沈雁冰、丰子恺、钱君匋这些与20世纪中国文学、文化有着重要关联的人物，自然是不折不扣的文学艺术之乡。故而，由乌镇或桐乡出面为上述文化巨擘所做一切有意义之事，都顺理成章且值得铭记。

面对木心留下的文学、艺术遗产，我虽然不是乌镇或桐乡人，似乎也觉得有一份责任去做一些事，继承之，发扬光大之，让更多读者走近它们，当为情理中事，勿需附加任何条件。今日，在桐乡，我想提出一个关于文学家木心与中国现代文学关系的问题跟各位讨论，也许对于认识其人其文以及如何深入理解乌镇、桐乡的文化地位有所裨益。

这个问题就是：木心是不是20世纪中国文学的“局外人”？

“局外”一说，来自梁文道先生阅读《文学回忆录》

的一篇文章，题目就是《文学，局外人的回忆》。他感慨木心“竟然‘局外’到了一个没有人能从他的作品中读出来处的地步，‘局外’到了让人时空错乱的地步”。接下来，梁文道指认“一个不曾中断、未经洗劫的木心才会这般令人摸不着头脑”的原因可能在于木心“是‘不得祢先君’，远适异乡，自成一宗的‘别子’”，何以说是“别子”？因为在梁文道看来，上世纪三四十年代江浙一带“丰厚蕴藉”的“文脉”“毕竟是断了”，已然不会“自然衍生出木心这样的作家”，所以他认为“从今日大陆（所谓的中州正统），一直往回看到‘五四’，恐怕也找不到类似的写作”。可是，“虽说是局外人，但又让人奇诡地熟悉，仿佛睽违多年的故人”。

梁文道这段充满曲曲折折意味的话语，实在表达了相当一部分木心读者想表达而表达不清的困惑与疑问。因为，阅读木心，对习惯于以流行的或主流的文学观念评判阅读对象的读者来说，的确具有相当大的难度，难怪有不少论者谈到他们最初接触木心作品时感觉“读不下去”或“读不懂”（《梧桐影·木心纪念专号》理洵《初读木心》，吴被提《木心印象》）。对此，梁文道作出的上述“猜想”和判断，或者意在招引读者把注意力集中到木心“自成一宗的‘别子’”血统上来吧？

梁文道的基本判断给人留下“熟悉的陌生人”这样的印象：

因为在他看来，木心似乎既独立于“五四”写作传统之外，却又不曾中断于中断了的三四十年江浙文脉，甚至更不曾中断于“老中国”的“传统正朔”，虽然另一方面木心又“非常西化，非常前卫”。

我们暂且不讨论木心与“五四”写作传统、上世纪三四十年代江浙文脉以及“老中国传统正朔”的关系，我们只从木心置身大半生的中国当代文坛着眼，来看看其“局外人”之身份、写作特征。

木心生于1927年，1947年战后才刚满二十周岁，从一般个体成长意义上说，他的未来尚未开始而即将开始。如他早熟，那么在这前后就该崭露头角；如他后熟，亦可于十年后的1957年前后放出光芒。查一部现代文学词典，生于1927年而后成名的文学家约有十几位，较知名的如诗人公刘、罗洛、雁翼，学者李希凡、敏泽，小说家高玉宝，长他一岁的知名诗人则有李瑛、张志民，小说家梁羽生，小他一岁的又有诗人余光中、罗门、洛夫、蓉子、顾工，小说家李准、陆文夫、宗璞、高晓声、鲁彦周。这些人中，1949年前出道的只有张志民、李瑛少数几人，多数都是50年代渐成气候。而木心在这两个阶段是怎样的呢？

读《战后嘉年华》，可知1947年前后的木心，虽有杭州举办个人画展的经历，总体上也还处在求学阶段，1949年以后的整个50年代，则因时代转换而籍籍无名于时代风气之外，1956年甚至有了首度牢狱之灾，此后一而再、再而三入狱或隔离审查，由此可知他即便是能画能写，亦不可有公刘、罗洛、宗璞那样昙花一现式的幸运，更不可能如余光中、罗门、洛夫那样恣意于现代诗的自由实验，他在莫干山写下的几篇关于哈姆莱特、伊卡洛斯、奥菲司的论文也就只好随西风而俱去了。

如此说来，他不属于40年代，亦不属于50年代、60年代以及70年代，因为他不同于上述任何人。不过这是就公开层面的文学写作而言，换个角度，比如潜在写作的角度，木心倒是与“文化大革命”时期另类文学艺术产生了关联，因为1967年以后的狱中和隔离生活，使他留下了一部《狱中笔记》（六十五万言的 *The Prison Notes*）和三十三幅水墨画作，他甚至有过在那个时期创作两部巨构《巴比伦语言学》和《瓷国回忆录》的宏大计划。由这个角度，视木心为中国当代文学的“潜在写作者”，实至名归。

80年代，木心到美国，先是绘画得到认可，随后散文作品在台湾引发“木心热”，用木心自己的话说，这是“我的成名期”（《海峡传声》）。从1986年的《散文一集》，到90年代末，台湾已出版了木心大部分文学作品。进入21世纪，木心开始堂而皇之地重返大陆，从作品到他的人，终于在他生于斯、长于斯、受难于斯而又逝于斯的地方掀起了一轮虽曰“小众”而颇有深致的文学阅读风暴。

那么，可不可以将木心视为中国当代文学另一类“归来者”呢？

似乎是，又似乎非。从40年代木心开始发表美术、文学作品而在1949年后因政治原因陷入沉寂角度看，似乎是；从他1949年后直到20世纪结束始终未在大陆文坛露面角度看，却又似乎不是，即使从他80年代在海外发表作品的题材、格调看，也不与任何大陆血统的“归来者”相同。就如最早在海外发表其作品的《美洲华侨日报》编辑王瑜所言：“他和大陆那时流行过的伤痕文学、寻根文学，后来一窝蜂的魔幻加重回乡土的现实主义文学都不相干……”（王瑜《木心印象》，《温故·木心纪念专号》，广西师大出版社2013年版，第134页。）从这个意义上说，木心仿佛就是中国当代文学的“局外人”。

可是，他真的是一个与20世纪中国文学无涉的“局外人”吗？他果然不是一个20世纪中国文学的“归来者”吗？

也许，这一切追问，都还有待于我们更深入的考察和思索。

2014年12月于杭州午山

附注：

此文为2014年12月应桐乡图书馆、桐乡“梧桐阅社”之邀所做讲座之部分内容。

木心诗集六种札记

小　引

木心最好的文学作品是诗，创作量最大的也是诗，故以身份言，木心首先当为诗人。据王净整理《木心著作版本知见录》（《梧桐影》“木心纪念专辑”）辑录，广西师大出版社出版木心诗集凡六种，占了已出十三本文学著作中的近一半。这是只就书目而言，如就篇目言，则诗作数量排第一位是无可置疑的。在现代诗美学和艺术造诣方面，木心更仿佛天马行空、独往独来，孤悬于当代流行“诗坛”之外，实有大诗人之气度。此六种诗集以出版日期先后为序，依次是：《西班牙三棵树》(2006.9)，《我纷纷的情欲》(2007.1)，《巴珑》(2008.9)，《伪所罗门书》(2008.9)，《云雀叫了一整天》(2008.10)，《诗经演》(2008.10)。然我看到的，已不是这些最初的版本，而是稍后出版的另一种版本，比如《西班牙三棵树》《我纷纷的情欲》

皆为 2009 年 1 月第一版，2011 年 1 月第三次印刷；《伪所罗门书》等四本则为 2013 年 5 月第二版第一次印刷。前两种是作为一套八册（另六册分别为散文集、小说集、谈话集）木心作品集整体推出，后四种与散文集《爱默生家的恶客》亦作为一套五册木心作品集整体推出。去年和今年我依据由校图书馆借出的新版本做了零星札记，皆因服膺于木心诗作之种种匠心独运的微妙之处，而作以心会心之期，或标记，或评点，或引证，不一而足，愿同好者有以教我。

对我个人而言，这也是继续研读木心诗作的基础工作，故拉拉杂杂，不成系统。需要说明的是，作为阅读札记，诗集顺序则未必与出版先后一致。

第一种：《我纷纷的情欲》

该集分三辑，共收入 121 首诗作。即第一辑 46 首 + 第二辑 3 首 + 第三辑 72 首 =121 首。

木心之诗，首先从诗体上说，已不好截然说是“新诗”“旧诗”亦或“自由诗”“语体诗”，因为用哪个概念似乎都不十分准确，或只能称其为“现代诗”？比如此集，总体上应该是自由体、语体，但也有形式上的“旧体”或“文言”，如 115 页《思绝》即为传统的七言四句古体，29 页《参徐照句》是五言（改古人个别词句)，21 页《大卫》又是四言体。木心对诗体有个人思考，对流行的诗体分类也有个人看法，在《文学回忆录》中怀疑“自由诗”的“名称有问题”(《文学回忆录》第 868 页)。

难得的是，该集作品都在篇末注明写作日期。除《英国》(1944)、《阿里山之夜》(1948)、《思绝》(1956)三首，其他作品均写于 1987—1996 年间，应该是木心赴美后中期作品，创作时间上晚于《西班牙三棵树》。

我标记的诗：

《我纷纷的情欲》(1990)：“尤其静夜 / 我的情欲大 / 纷纷飘下 / 缀满树枝窗棂 / 唇涡，胸埠，股壑 / 平原远山，路和路 / 都覆盖着我的情欲 / 因为第二天 / 又纷纷飘下 / 更静，更大 / 我的情欲”。此诗很性感，但未必是狭义的性。从具体所写，更像是写下雪之夜所看到的雪的生机，诗题径改为《雪》就明白了，那么，诗中的“我”即是拟人了。若不改诗题，则更显张力，“我”是无限大的生命冲动，在整个世界翻涌，故有“纷纷”“大”“满”“覆盖”这些形容词或动词，而又将“动”置于“静”中，真乃绝境。

《肉体是一部圣经》(1993)：“生活是一种飞行 / 四季是爱的衬景 / 肉体是一部圣经”。

《论悲伤》(1994)：“我时常悲伤地 / 去做一件快乐的

事 // 悲伤是重量 / 我怎样也轻不起来 // 雅典山头 / 大堆目眩神驰的悲伤 // 现代人，算了 / 引不起我半点悲伤”三个点跳，点到为止，不露形迹。有句：“得不到快乐，很快乐，此之谓悲观主义。”（《文学回忆录》第 615 页）可参照。

《论陶瓷》：“愿得 / 陶一般的情人 // 愿有 / 瓷一般的友人”，这样的情人、友人，哪里去找？木心讲《红楼梦》时有说：“要写超现实的美男美女：意淫。”（《文学回忆录》第 502 页）

《五月窗》（1996），不老的心。

《夏风中》（1996）：“我知道，浮来氽去的 / 都不是我最后的情人 / 那最后的一个将会来临”。

《择路》（1996）。《泡沫》（1996）。《晚声》（1996）。

《咆哮》（1996）：“人，从前是有灵魂的 / 又叫做心，画出来很好看 / 大战后，灵魂猝然失落 / 先还在问失落了什么 / 稍后失落感也迷茫失落了 / 头脑披满长发，没有记忆 / 胴体和四肢里尚留记忆 / 歌手们嘶声嗥叫跳踊 / 不是头脑在唱，是什么呢 / 是肩和背在唱，手和脚在唱 / 悲凉，直着嗓门咆哮 / 这是肩和背的悲凉，脚和手的悲凉 / 扭摆着，比划着，无知已极 / 这是大幅度无知已极的悲凉”。

《中国的床帐Ⅱ》（1996）：“中国的床，阴沉沉，一张床就是一个中国”。木心曾谓：“不要纠缠于地方色彩。”（《文学回忆录》第 317 页）又谓：“我童年在乌镇所见，几乎家家户户都有见不得人的丑事暗暗进行。”“我想了三十多年，要不要翻中国的底，顾虑重重。”（《文学回忆录》第 438 页）这首小诗或者是木心极少数“翻底”之作，而表现力极强，有超现实写法。

《它们在下雪》（1996）：“雪就越下越大 / 我是说雪朵的大 / 从未见过这样大的雪 / 像绣球花，飘飘绣球花 / 不停，尽飘不停 / 我开了门，直视 / 雪朵也快乐自己的大 / 小的也有孩子手掌那么大 / 必是好多雪片凑在一起 / 松松，虚虚，团团的白 / 地面屋顶很快就全白了 / 雪的浩浩荡荡的快乐 / 我的快乐就比不上 / 雪是飘的 / 我呆站着”。

《是爱》（1996）：“好像是爱 / 一点点希望 / 还得云淡风轻 / 昨日，买家具二件 / 本世纪初的长柜 / 上世纪中叶的高橱 / 那橱，沉，乌幽幽 / 我仿佛咬了十九世纪一口肉 / 独行侠的家不能称家 / 鹰的巢，悬崖峭壁 / 诗稿积于柜，书本列于橱 / 我的悬崖峭壁哪 / 愿无言而倚偎，听落地的钟 / 滴答滴答的童年少年”。

以上诸首，作为体现木心美学的诗作，要点之一就是无论所写的情绪、心境还是所用的文字、语句、节奏，都给人一种超级宁静之感。木心的诗拒绝“朗诵”，而宜乎“默读”，甚至根本不必读，直接用眼睛看就是了，木心诗是视觉诗。他说：“我有意识地写只给看、不给读、不给唱的诗。看诗时，心中自有音韵，切不可读出声。诗人加冕之夜，很寂静。”（《文学回忆录》第 803 页）强调“诗是诗，歌是歌”与“微妙的默契”（《文学回忆录》第 982 页）又谓：“诗的纲领：一出声就俗。”（《文学回忆录》第 1068 页）此之谓也。

《歌词》（1975）：“你就像天空笼罩大地 / 我在你怀中甜蜜呼吸 / 你给予我第二次青春 / 使我把忧愁忘记 / 我是曾被天使宠爱过来的人 / 世上一切花朵视同尘灰 / 自从我遇见你 / 万丈火焰重又升起 / 看取你以忠诚为主，美丽其次 / 可是你真是美丽无比 / 你燃烧我，我燃烧你 / 无限信任你 / 时刻怀疑你 / 我是这样爱你”。该诗注明 1975 年写，确有歌词节奏，可以唱的诗，与后期主张（“文字不要去模仿音乐”，《文学回忆录》第 804 页）大不一样。

第二种：《伪所罗门书——不期然而然的个人成长史》

该集分七辑共 79 题诗作，前有 2005 年写于纽约之短序，另有 2000 年《附录》一篇。

Solomon，大卫之子和继承人。

《伪所罗门书》似假托所罗门“箴言”“诗集”名义（故

称“伪”，类似鲁迅《伪自由书》用法），以诗体记录作者欧洲、非洲游历，故诗题所涉皆为洋味，如《汗斯酒店》《荷兰画派》《入埃及记》者。另有类似序言的一段，似可解释书名来历：“以所罗门的名义，而流传的箴言和诗篇，想来都是假借的。……最后令人羡慕的是他有一条魔毯，坐着飞来飞去——比之箴言和诗篇，那当然是魔毯好，如果将他人的‘文’句，醍醐事之，凝结为‘诗’句，从魔毯上挥洒下来，岂非更乐得什么似的。”

这，似乎是解释其诗乃假所罗门的魔毯“挥洒下来”，然“将他人的‘文’句”一语所指为何呢？莫非集子中的诗皆有所本乎？

不借助作者其他可以佐证的文字，似乎该集的诗句不好读通。如第二首《窥视与劫掠》写到“我的眼睛转向北边/一里远的小教堂”，接下来有“我童孩时期住过好几年”，疑问是：这里所写究竟是现在游历的欧洲还是童年时期的记忆？又如第三首《第六年呀》写到“幽暗的老教堂”，又写到“拉丁文学校在城里”，最后说“我是男生九年制的第六年呀”，疑问是：这里的“拉丁文学校”和“第六年”是作者自己的经历还是另外某人的？是在中国还是欧洲？再如第五首《荷兰画派》，第一行“我是初次来到这座临近北海的城市”，第七行则是“看来我在这里哥哥的家中要住一段时间”，疑问是：这座城是哪坐城？“哥哥”是谁？最后一首《山茱萸农场》写个人的经历，有“一所英国公校把我熨得平平整整 / 旋踵入剑桥，国王学院卒业 /1939 年漫游西欧，逛了大半个美国……”，这个“个人”是作者自己吗？作者有这样的经历吗？

这些疑问，在《迟迟告白》中得到解释，一些读过木心作品的读者也问过这些问题，木心的回答是“梦游”，事实上是“我从上海到纽约，什么地方也没有去过”。“而后来我盘桓英伦，遍历南北欧，反而畏于描摹目击亲炙的那一切……”（《鱼丽之宴》第 81—82 页）

第三种：《西班牙三棵树》

该书前有《引》，写于 1986 年，解释书名及诗作来历。所谓“三棵树”云云，非树也，乃西班牙酒名，“诗集无以指唤，才袭用一种酒的牌名……”，然也并非“与我何涉”，作者前面交代：在曼哈顿上城区麦德逊大街白鲸酒吧啜饮“三棵树”，“写长短句，消磨掉像零碎钱一样的零碎韶华……”那么，这三辑共 58 首新旧体诗当全部写于作者初到美国的几年吧？

《引》又有说明：“待要成集，乱在体裁上，只好分辑，分三辑。”分辑的根据是“体裁”，则第一辑 33 首与第二辑 6 首在我判断应该是一般抒情诗跟叙事诗的区别，第三辑19首则诗文交互参差，说是“诗话”“笔记”或许更为确切，且为文言繁体字排版，亦或原文如此。诗文交融，难分彼此，然足见诗人心志。试加标点辑录《其十六》，以见一端：“壬戌夏末，予筹赴新大陆，整饬烦苦，犹老女乍嫁，仓皇自理妆奁。八月杪，沪郊虹桥机场临飞，默占一律：沧海蓝田共烟霞，珠玉冷暖在谁家。金人莫论兴衰事，铜仙惯乘来去车。孤艇酒酣焚经典，高枝月明判凤鸦。蓬莱枯死三千树，为君重满碧桃花。”此辑或可与《诗经演》对照研读，以见木心旧诗根柢之深厚。

我初次阅读标注的一些：第一辑中的《夏夜的婚礼》《十四年前一些夜》《泥天使》《JJ》《斗牛士的袜子》《雪后》《论拥抱》《如歌的木屑》《甜刺猬》《再访帕斯卡尔》第三辑中的《其六》《其十一》。

《论拥抱》，如作情诗看，真是绝好的情诗。但要说到它的好，仍须读者自己感觉，感觉到了就好，感觉不到也枉然。木心谓：“真正伟大的作品，没有什么好评论的。”（《文学回忆录》第391页）即此意。

海峡两岸的版本，均将此集列为木心诗集之第一种出版，从写作时间上看，是对的。

第四种：《云雀叫了一整天》

木心诗集，共两辑，有《后记》一篇。甲辑收诗作103首，乙辑为无题单行诗，共699则。《后记》隐约可见此集写作背景，最后一句“我决意在此结束这本诗集”，“此”指的是作者游历欧洲时的德国吧？因有“我合法地站在德国的土地上了”“九月的法兰克福……”诸句。时间呢？整本诗集没有一首诗落下可靠的写作日期，只《唯音乐如故》一首的后记有“1981”字样，又有《二十世纪的最后一天》一首，那么写作下限可能是2000年年底，但这需要旁证。

旁证不如木心自己的尾注，按说木心应该有篇末注明写作日期的习惯，《我纷纷的情欲》有，何以这本没有？原稿本是这样的吗？不注明写作日期，莫非是从艺术策略着眼？抑或是出版时抹掉了？

对生活的记录、回忆与遐想，又有文化的怀乡（《明季乡试》128页，《清嘉录》其一、其二，《农家》178页）与慕濡（《加拿大魁北克有一家餐厅》131页，《我与德国》134页）。《火车中的情诗》写火车上遇到的恋爱中的青年；《格瓦斯》忆写1959年在北京莫斯科餐厅喝“格瓦斯”之事；《而我辈也曾有过青春》写二战结束上海艺专生活；《修船的声音》（82—83页）

回忆少年时代对外面世界的神往；《二十世纪三十年代的美国》写经济大萧条人们对“同甘共苦”的感受；《梦中赛马》写人生的感慨（49—51页）。也有一些即兴的、机智的，甚至琐碎的小品或游戏之作如《论诱惑》《巴黎六条新闻》《爪哇国》《时间囊》《论德国》，旅行记如《伏尔加》《多罗德娅》。读书札记、谈艺录如《象征关》（34—35页）、《古希腊》（38—39页，读周作人《知堂回想录》）。

单行诗《人香》162页：“地球本来是带着人香而飞行的”。

风格近于淡远、平实、戏谑、自然，机智而非抒情的。没有特别“艺术化、人工化”的雕琢痕迹，口语风，古风（《白香日注》99页、《谑庵片简》103页、《天慵生语》105页），几乎没有流行的八股气或修辞风。诗体则自由体为主，偶有古体如《如偈》（荣辱万事过，贵贱一身兼。避秦重振笔，抖擞三百篇。楼高清入骨，山远淡失巅。），《拥楫》（四言体情诗）。改作，如改作周作人回想录《北京秋》109页；《京师五月》改自富察敦崇《燕京岁时记》；《西湖》“略明末王思任句”。

漂亮的小诗：《惠特曼》：“五月是鸟的月份 / 是蜜蜂的月份 / 是紫丁香的月份 / 是惠特曼的月份”。

《论悲伤》：“不过我所说的悲伤 / 和别人所说的悲伤是两样的”。

《春》：“迎春送春是说说的 / 春天又不是一个人”。

我将《我》这类诗称为“单行诗”，木心很擅长写这类诗，且意味隽永。木心谓之“俳句”，实则与日式俳句形式上未必有关联，而从言简义丰角度又是名副其实的，如《我》：“我是一个在黑暗中大雪纷飞的人哪”，真有说不出的好。

第五种：《巴珑》

该集收20世纪80—90年代语体诗35首，据评论家春阳云，原集37首长诗，删掉2首，所删《米德兰》与《倒影之倒影》，乃《明天不散步了》与《哥伦比亚的倒影》两文的诗歌形式的版本。个别写于1984年(《门户上方的公羊头》)、1985年(《波尔多的钟声》)，多数写于1988—1993年间。又除个别篇目(《明人秋色》《洛阳伽蓝赋》)，似多为作者的“旅外诗”，诗题如《巴珑》《罗马停云》《东京淫词》《从薄伽丘的后园望去》《圣彼得堡复名》《波斯湾之战》《在维谢尔基村》《共和国七年葡萄月底》《萨比尼四季》《西西里》《智利行》《魏玛早春》《维苏威烬余录》《埃特鲁里亚庄园记》者，可知。然“旅外”，不见得是实际的旅行，而更多时候是以精神旅行的方式，或假以古之人口吻，故此种旅行，或常常是想象中的天马行空，类似的情况在《伪所罗门书》等集子中亦有，此亦木心诗一特质。

大量诗作以“典籍”入诗，或曰改作、化用、移用，或如作者自谓“凑泊”（32页《兰佩杜萨之贶》后记），似为木心诗之一特征，或可称“学人诗”乎？此集中《东京淫词》（1988）后注云“本篇每撷永井荷风散文句，但为诗故沉吟久之”，《伦敦街声》后注云“参自约瑟夫·爱迪生（Joseph Addison）的一封信”，《兰佩杜萨之贶》后注称内容取自意大利作家朱塞培·托马西·迪·兰佩杜萨短篇小说《莉海娅》（*Lighea*），《明人秋色》摘录自明人谭元春，《塞尔彭之奠》则“和合”怀特（Gilbert White）自己的文句及戈斯（Edmund Gosse）卡尔佩伯（Nicholas Culpepper）赫德逊（W.H.Hudson）他们的一些小节或单句为诗，《萨比尼四季》从西塞罗《论老年》“忍不住抽取数节，锻炼周纳，罗织了此首八十余行的诗”。《末度行吟》取自福里特尔（E.Friedell）。《洛阳伽蓝赋》由杨衒之《洛阳伽蓝记》提炼出（第175页），《智利行》的灵感得自哥伦比亚作家加西亚·马尔克斯关于智利导演米格尔·利廷事迹的报告文学（第195页）。最后一首《埃特鲁里亚庄园记》与意大利古代作家盖·普林尼（Pliny the younger）的书信集有关，“在二百四十七帖中，我择了致弥提乌斯的之一，致塔西陀的之二，试加分行、断点、叶韵，删之增之蘧蘧结体……”（第244页）

此种作诗法，木心自谓“用假口袋，装真东西”，具体做法则是："我尽镶嵌工匠的心，生怕斲伤它，又不免要略施切割琢磨的伎俩，某些环节，我技穷了，只好用自己的东西垫上，也是这些地方，最有相视莫逆的乐趣。"（第244页）

网上有署名"王陌尘"的论者，称之为"诗人从书中找到了一条重现历史、文化的通道，将散落在历史尘埃中的枯萎的词句编排成颇有情趣的新篇章"（上海图书馆网站·读者园地《品味人类精神的醇酒——读木心诗集〈巴珑〉》，作者王陌尘）。或者，也可以说是借他人酒杯，浇一己之块垒。

是的，"酒杯"！"巴珑"（Parron）者，"西班牙马德里的酒壶"也。同名诗《巴珑》中有描写："巴珑是玻璃的，圆肚细颈长长尖嘴／执其颈举而倾之，酒出如幽泉／仰面张口接饮，递来复递去……"此诗写于1988年，写的是西班牙马德里的酒店生活："奏乐，唱，可扭的东西都剧烈扭／一千五百余家小酒店夜夜马德里"然语间多含揶揄讽刺："狭街窄巷多转折，背影消失得快／青石板块块沾野史，凉雨滴着淤血／跳舞斗牛骑士画师底里全是假／晃来荡去的外国游客一身全是蠢货"，又如："到如今酒是便宜人是疏懒午间偷情是长／海盗儿孙只落得站着玩玩吃角子老虎／既然罗马会完，世界也要完"，最后又有"夜雨潇潇，到了只剩神话还像话的地步"一句。另外，形式上该诗似乎用了"戏拟"，不但有戏剧化场景，又似是“我”与“公爵”的对话。

不少诗有对现代史事的敏感。《从薄伽丘的后园望去》副题为“柏林墙拆毁有感”，《圣彼得堡复名》《波斯湾之战》，则更显直接。当然多数涉及的历史是古代史。

也有很中国味的诗境。除了《明人秋色》《洛阳伽蓝赋》这些整篇中国背景的诗，还有一些片段，如《雪掌》在描摹北美雪景中融入的两行：“在中国江南，此名春雪 / 春雪不足玩，儿童鄙视之 / 何以北美的春雪滋润如腊雪……”（第 51 页）

情诗。《雅歌撰》：“我良人 / 我爱 / 我的佳偶 / 你美丽全无瑕疵 / 你舌下有蜜有奶 / 你的脚趾使我迷醉……”然木心若干“情诗”，未必以具体人物为对象，往往是艺术情怀的寄寓。在木心，艺术是他的宗教。

自然物象。《槭 Aceraceae》，将之喻为“木本情人”，写得俏皮、情趣盎然：“我只要风和日暖观赏你 / 槭材要做成器具到市场去 / 你要去就去，明天才许去 / 享尽这槭叶丛里的饕餮夜色”。

风俗景观之咏：《末度行吟》，“抽剥”福里特尔（E. Friedell）《现代文化史》中“若干细节”，展示“十世纪上下的欧陆风俗景观”，更意在“在乎住着走着的人”。

当情诗写的宗教诗或曰信仰诗（对艺术），《五岛晚邮》。

何谓“五岛”？有网友释为“指纽约的五个区”，也许吧。或许真如一些读者认为的，此诗是《巴珑》里最好的一首。最为洋洋大观的一首。

又，35 首诗并不都是长诗，真正较长的是该集后半部分的十余首，《共和国葡萄月底》《末度行吟》《五岛晚邮》《西西里》《洛阳伽蓝赋》《智利行》《魏玛早春》《夏夜的精灵》《维苏威烬馀录》《埃特鲁里亚庄园记》。

诗集的插页有图片可鉴。

木心乃十分知性的诗人，表现之一即是在过去和域外的时空间自由穿越。若以缺点视之或为“掉书袋”，若以特点视之或为“诗的修辞”，此点颇似 T.S. 艾略特或博尔赫斯，也只是“似”而已。

第六种：《诗经演》

此集是木心诗集中最为特别的一种，彻底的复古，因为他回到了《诗经》的四言体和欧洲的十四行。收四言古体十四行诗 300 首，前 263 首由《诗经》出，后 37 首称“外篇”，出《庄子》《孟子》《论语》《老子》。

春阳为各诗作注释，书末另有春阳《注后记》一篇，对《诗经演》有所解释。

实则与《巴珑》《伪所罗门书》中一些诗作一样，是对古典的“改写”，此为木心喜欢的一种写作方式。此集中的多数即为对《诗经》的改写，还是那句话：借古人酒杯，浇自己块垒。如《怀里》一诗，即由《豳风·东山》改作，表达他在北美的怀乡之情：“我徂北美 / 慆慆十载 / 我来自东 / 零雨其濛 / 我西曰归 / 腧心东悲 / 蜎蜎者蠋 / 蒸在桑野 / 敦彼独宿 / 亦在车下 / 伊威在室 / 蠨蛸在户 / 不我畏也 / 里可怀也”。

有论者言及《诗经演》主题时，用了“情史政怨”一词，谓：《诗经演》三百篇，以《诗经》古语为材料，演绎情史与政怨。形式上以四言为主，粗拟十四行体。中国诗与欧陆诗全般无涉的格式，在此宛然合一。文艺复兴与春秋时代，作为木心神往的两个文化源头，本诗集的格调从中流淌而出。

论情，如《朝出》，出《郑风·出其东门》，最后六行为：“野有瑶草 / 瀼瀼露零 / 清扬婉兮 / 适我愿兮 / 与子偕隐 / 肌肤相敬”，《彼采》《将骐》《投之》《同袍》等，皆然。

2013 年 10 月 6 日至 2014 年 8 月 10 日于杭州午山

木心印象答问

您好！我们是中文专业的学生，目前在进行有关作家木心先生的调研探究，重点关注其中后期甚至晚年的创作以及归国后故乡对他的影响。冒昧地向您请教有关木心先生的问题。诚请您着重挑选两三个问题进行简要阐述，非常感谢！期待您的回复！

问：您了解木心先生吗？您最喜欢木心先生的哪部作品？请谈谈您阅读后的感受？

答：不是很了解，在图书馆看到有木心系列著作集，曾经随便翻阅过他的一两部诗集和散文集，其中有一种叫《我纷纷的情欲》，感觉其风格柔和细腻，是诉诸心灵、灵魂的作品，有一种知识分子的知性成分，比较符合我的阅读情趣。

问：您认为木心先生作品的创作风格是怎样的？有哪些独树一帜之处？

答：只是浮薄的印象，就是感觉他很内在、很细腻、很精致，也很沉静，这是当代大陆作家较少有的品质。

问：陈丹青在多种场合高调推介其恩师木心的散文集子，称“木心先生可能是我们时代唯一一位完整衔接古典汉语传统与五四传统的文学作者”。对此您怎么看？

答：陈丹青说的有道理，但表述似乎略显夸张了些。我相信木心先生是一个比较内敛、能够面对内心的沉思者，古典文学的修养很高，在我们这个浮躁的时代很少有他那样的沉静。但若说“唯一”，怕是有些广告语言色彩。读者不妨从细致的阅读进入木心文学世界，作出自己的判断。

问：木心先生的作品以幽远、雅致的方式表达出一种强烈而深沉的怀乡性。请就此怀乡性的指向和意义谈谈您的观点？

答：这一点没有很注意，无印象。

问：您认为故乡对木心先生的影响如何？能否在其文学作品中有明显的体现？

答：印象中木心先生好像20世纪70年代末才离开上海到美国，他什么时候离开乌镇的不清楚，也不太了解乌镇对他有何影响。不过他晚年执意回故土隐居，且逝于乌镇，说明他对故土确有感情，有叶落归根之意。他这方面的作品没怎么注意。

问：木心先生在大陆的影响随其归国出书开始，文学界对其褒贬不一，对此您对木心先生的评价是？

答：世界很小，世界也很大，我们不知道、不了解的东西太多了。木心因为在海外，我们不是很了解他，陈丹青先生为我们推荐，让我们有机会了解我们不知道的木心，这是好事。我也相信木心先生是我们所需要的，他的儒雅的知识分子精神是对当代文化的很好的补充。但不必夸张，不必刻意拔高，任何一颗星都是独一无二的，也都是我们需要的。

2012 年 12 月 4 日于杭州

附注：

此篇答问录，篇目注明是在 2012 年底，彼时我尚未开始细读木心作品，故没有多少实际内容，乃是一次相当被动的浮薄印象表述。今录于此，意在留下一个未走近木心时的印迹，特此说明，读者幸勿罪我。2018 年 2 月 1 日晚于午山。

览书录

旧文两篇

柳青的《种谷记》

研究当代文学的人，一般只知道柳青是当代作家，也把《创业史》这部未写完的长篇作为其代表作分析。其实早在 1947 年，柳青就写出了第一部长篇小说《种谷记》。

下面是人民文学出版社编辑部 1962 年 6 月的“出版说明”：

> 这部长篇小说，描写抗日战争时期陕甘宁边区大生产运动中王家沟村农村围绕集体种谷问题而展开的组织变工队，实行生产合作化的斗争。全书洋溢着浓厚的生活气息，真实地反映了初期新民主主义社会建设中农村阶级力量的变化，再现了农村社会各阶层人们富有特征的生活和思想面貌，特别是农民群众在阶级的翻身运动中所表现的英勇坚决的自觉性。这是毛主席《在延安文艺座谈会上的讲话》发表后写工农兵方向的新文学作品中比较成功的作品，是作者的第一部长篇

小说，是一个知识分子出身的青年作家实践了毛主席希望作家们“到火热的斗争中去”的指示，长期参加了边区农村基层工作以后写成的。

本书于1947年7月由东北光华书局印行，1951年10月由我社出版，1958年12月据原版重排印行。

我所看的《种谷记》是1951年10月北京第一版，1963年5月北京第七次印刷本。

几种现代文学史专著都对这部书作了介绍。王瑶《中国新文学史稿》下册称它是一部“相当成功的作品，是这一历史时期具有代表性的优秀作品之一”。

唐弢、严家炎主编《中国现代文学史》第三册认为：“《种谷记》的意义不只是反映了解放区农村生活的一个侧面，更重要的是艺术地记录了战争年代党领导、教育和组织农民的生动情景，表现了解放区农村社会主义因素的成长。”

作为一部较早反映新时代的作品，《种谷记》自然也有一些不足，诸如情节的不够紧凑，语言的不够洗练，都是作为一个作家不成熟的标志，但谁又能因为这点便否定了作者的后来呢？后来柳青又写出了第二部长篇小说《铜墙铁壁》，以至写出了他赖以不朽的第三部长篇巨著《创业史》，史家称它“是一部纪念碑式的作品”“史诗性的巨著”，而作者长期不懈的探索与积累，却是从《种谷记》就开始了的。

仅从这一点上说，《种谷记》是作者长长的创作道路上的一个光辉的起点，研究《创业史》的人，甚或是仅对《创业史》和柳青有所知晓的人，是不可不看看这部《种谷记》的。

《种谷记》完成于1947年5月22日，同年7月由东北光华书局印行，中华人民共和国成立后又多次印行，总印数已达七万一千五百册之多，但因为经过了一次“文化大革命”的灾难，致使今天想在一般的小图书馆里觅到它的踪迹已是颇不容易的事了。在我所教书的偏僻的四中图书馆，少少的几排书中竟保留下这么一本，真是万幸！

1983年8月10日于家中

田仲济的《微痕集》

在我的印象里，田仲济先生是一位著名的现代文学史家和文学评论家，后来从一套由北大等三院校主编的《散文选》（中国现代文学史参考资料丛书，上海教育出版社1979年12月版）中读到了他的散文《天堂》和《更夫》，才知道田先生还是一位写过不少极有锋芒的散文作品的作家。

其实，他的作品与其称为散文，不如称杂文更来得恰当。

因为无论是《天堂》或《更夫》，或者我正在读的《微痕集》的篇章，其短小的篇幅、精辟的立论、从容泼辣的文笔都无不产生极大的力量，使人不禁想起鲁迅先生的文章。的确，田先生的文章是具有“鲁迅风”的，而鲁迅先生的文章不是被称为杂文的么？实在，杂文在鲁迅等前辈的笔下已经是一种与一般散文很不同的独特的文体了。

田先生的杂文曾结为几个集子出版，而大部分写于上世纪40年代时期的山城重庆。

我所看的这本《微痕集》，是从过去出版的几个集子中选出的，作于1940—1943年间，本书的内容提要说：“大部分是暴露和揭发蒋政权的黑暗、腐朽，和汉奸卖国贼的厚颜无耻的，一部分是抨击当时重庆文化界的乌烟瘴气的，也有一些是读书杂感，隐射当时时局的作品。这些杂文多少反映了那个时期一些生活面貌。”

书由上海新文艺出版社出版，1957年5月第一版，1957年5月第一次印刷，共收杂文44篇。

最后，把田先生1957年3月3日在北京写的短序也抄在这里：

> 这是抗日战争期间我在称为山城的重庆所写的杂文的一部分。过去曾出版过《情虚集》《发微集》《夜间相》等

几个集子，这些篇就是从这几个集子中选辑的。

那时称为战时陪都的重庆，集中地表现了蒋政权的黑暗、腐朽、荒淫和无耻。不过由于不是幕中人，内幕的情况也就无法洞悉，也由于我没有一枝那么有力的笔，所以这不过仅是反映了其中某些方面，还不能给它构成一幅完整的图象。但直到现在，以这样较为直接的形式反映那时情况的似乎还不多，因而出版这个选集也许不是没有一点意义的。

尽管田先生谦虚地说他没有一枝那么有力的笔，而实际上他的笔是蛮有力的，有“鲁迅风”。田先生曾有一篇《猫》，从西南的猫由于被绳子系着而终不能捕鼠的事实说起，说明“自由的物事，一经人类的爱，一经变成人类的财产，便照例被囚起系起，这物事便也照例地渐渐失掉原有的机能，变成瘦弱的附庸或囚徒”。这使我联想到当今的杂文，当今的杂文能有“鲁迅风”的不是极少了吗？说起来真是奇怪得很。

1983年8月13日

附记：

得一日闲，把三十二年前写的两则“书话”录入电脑，不免想到当初一点背景。

1981年夏，大学专科毕业，被分配到山东莱芜四中教高中语文，读书、写作的习惯保持得尚好，很快把四中图书室有限的几排书翻遍了，柳青的《种谷记》便是其中一本。1982年，好友高洪雷送我一个Notebook，扉页题句："契诃夫形容一个胖子说，那胖子胖得脸上的皮肤都不够用了，他张开嘴笑的时候，眼睛得闭上；睁开眼看的时候，嘴巴要闭上。"结句向我提问："你做得到吗？"

虽不是苛求，怕也做不到。可是做不成契诃夫，可以做自己呀。

结果从第一页开始，写下了上面两篇短文，差不多也是我写"书话"的开端之作吧。篇末注明"家中"所写，那是指莱芜县城父母的家里，当时每周末骑自行车回家，周日下午再骑回去，从县城到颜庄，顺着汶河，三十里柏油路。

自然，写是写了，而识见、文笔皆是幼稚的，三十余年过去，大概只剩一点纪念意义了。但是，田仲济先生的《微痕集》却想不起是从哪里借到的了，莫非也是四中图书室的？

2015年4月17日于杭州午山

《读书》『编辑室日志』

《读书》杂志第六期“编辑室日志”由当前文化知识界存在的一些令人忧虑的病态追求谈到他们自己的立足点，话不多，颇见神采。摘引片段以供清赏：

> 照我们看来，许多读者关切的东西，往往是社会上提供得不多的东西，缺乏的东西，过于富余的东西。就文化知识界说，目前缺乏的是什么呢，是扎实的根基，是透辟的研究，是货真价实的学问。……我们眼下太缺少这些。在文化上，我们需要创新，需要开拓，但是更要它们赖以筑造的根基……
>
> 一个正常发展的社会，一定会不断纠正自己发展中的弊端、偏向。一个开放的社会，尤其会纠正得快，纠正得好。
>
> 纠正和革除的过程，就是一种趋势，一种走向。迎合了这种趋势的需要，文化出版工作就可以使自己得益，也为别人造福。

最后，编辑室决心将《读书》的命运“押在社会将会尽力培植、维护自己的文化根基这一宝上”，并且自信“这种扎实为学，认真从业（文化一业）的精神，社会上迟早会发扬，迟早会成为主潮巨流”。

就词义而言，“根基”也就是“基础”，或者还有“基本的”和“根本”之意。所谓“文化根基”者，按照《读书》杂志一贯的追求，应该是指那种与社会发展息息相关而并非“俗学”，切切实实耐得住寂寞又不以“高深”而自得的学问吧？表现为一种“学术个性”，是否正如《读书》编辑所期望亦所奉行的“扎实为学，认真从业的精神”呢？我以为是的。

由《读书》的“编辑室日志”和其以维护“文化根基”而形成的“学术个性”，我还想到几件有关的事。

首先使我想起的是1988年暑中参加《读书》杂志社举办的“文化：中国与世界”讲习班的情景。那时白天挥汗如雨地听甘阳、钱理群诸贤讲当代世界文化的发展，晚上与来自全国各地的学员住在北京二十七中的大教室里，似乎并没觉得凄苦，因为大家都是奔着《读书》独具魅力的“文化形象”来的，心里早就对其维护“根基”的学术个性作了认同。虽然那时涨价风正盛，《读书》也因此受到冲击并略感“困惑”，但讲者与听众都还是勇敢地流露出要做《读书》知音的决心。某日沈昌文先生到会，讲到

"三联书店"和《读书》杂志的光荣历史与现实甘苦，大家当即表示：无论书市如何"趋时"，我们都会是《读书》坚定的保护者和阅读者。为此大家还提出种种摆脱"困惑"的具体设想，其中包括建议《读书》价格上调至两元五角！当时沈先生曾大受感动。而大家的那份热情也使我意识到我们的文化根基毕竟还坚韧地存在着。

另一次乘京沪车返鲁，在拥挤不堪的硬座席上与一位八十一岁高龄的上海老太太对座。这位老妪皓首童颜，温婉吴语，在燠热与噪音中犹保持着从容不凡的仪态。她自谓早年从学于老舍先生，后来又在老三联书店韬奋先生麾下从业。这经历颇令我起敬，而尤让我感佩的是老太太对社会保有的那份清醒的认识。她平静地批评我们这个社会当时出现的文化"浮肿"，鼓励我这样站讲台的人站稳脚跟，不要为"向钱看"的世风所迷惑。这一路我觉得格外轻快，因为从老太太身上我又感到了我们民族文化根基的深厚。

第三件事是读最近《随笔》杂志一篇记述已故新文学史家王瑶先生生前行止的文章触发的感想。这篇文章讲到老先生某次作长篇发言："如数家珍般地论述清华大学中文系的璀璨历史，直言不讳地批评院系调整时将清华中文系取消是'一大损失'"——"因为它不是一个大学的一个系，而是一个富有鲜明特色的学派！"这里王瑶先生讲到"清华学派"，显然是一个有关"学术个性”的问题。然据我看来，设若“清华学派”这一提法真能成立，则这一学派的最大特点也正是富有“扎实为学、认真从业”的精神。那么，王瑶先生对其一番尊重与维护的苦心是否也可看作是其根基意识的自觉体现呢？

以上三事均由《读书》的“编辑室日志”引出，也可以看作是对《读书》的“个性”早就产生的共鸣。开放时代，大潮迭起，国家民族以此得大益者自然不在话下。但从深层次着眼，却也要时刻注意保持文化发展的生态平衡，避免体积越来越大，灵魂越来越小的文化肥胖病发生——肥胖以至于成为一种病态者，目下似乎已不在少数。所以在盲目趋时、盲目“进补”的风习中，就特别需要以追求“扎实的根基”“透辟的研究”和“货真价实的学问”而自成风格的《读书》文体，也特别需要如那位上海老妪和王瑶先生这些受命不迁、临风不动的真正的文化人。

因此，我特别赞赏《读书》杂志的“押宝”之举，并期望自己也能够努力作望尘之追。

我同时还想到了那位被称为代表着“中华民族新文化方向”而体重只有三十七公斤的瘦弱老人……

1992年7月1日于泰山

诗文评与书话体

一

“‘文学批评’是一个译名。”这是朱自清先生于20世纪40年代为罗根泽著《中国文学批评史》与朱东润著《中国文学批评史大纲》两书撰写的书评《诗文评的发展》开篇第一句话。第二句话就提到了中国文学传统中与“文学批评”相当却又未必完全一致的另一个术语：“诗文评”。只不过这诗文评虽也“独成一类”，却毕竟长期处在“附庸地位”，“在目录里只是集部的尾巴”。故而朱自清认为，“文学批评”这个“新意念新名字”的“输入”，自有其特定意义，一方面“这个名词清楚些，确切些，尤其郑重些”，另一方面也就“提高了中国的文学批评——诗文评——的地位”。短短二十年中竟能有“至少五种中国文学批评史”问世，即是明证。

朱自清先生此文，虽说重心在对两部“中国文学批评史”给出他个人的评价，但其实又并不止于此，行文当中处处可见他本人对中国文学批评传统的洞见。比如对于如何治中国文学批评史，就提出了“将文学批评还给文学批评”“中国还给中国”“一时代还给一时代”的观点；再比如关于中国文学批评未能充分发展、“不能成为专业而与创作分途并进”原因的解释；又比如谈及作家作品批评时所说“大家都忽略了清代几部书”。凡此种种，似乎都是对所评他人著作的重要补充，也不失为对读者的重要提醒。

在涉及中国传统诗文评的“系统的著作”和“零碎材料”时，朱自清补充例举了不少他认为重要的批评著作和批评文类。系统的著作除为人所熟悉的钟嵘《诗品》、刘勰《文心雕龙》，他补充了清代陈祚明的《古诗选》、《四库全书总目提要》集部各系、赵翼的《瓯北诗话》；“零碎材料”他则例举了宋末方回《瀛奎律髓》和明末钟惺、谭元春《古唐诗归》为代表的评点家的“选本”。除此而外，朱先生还有一段话：

> 别集里又论诗文等的书札和诗，其中也少批评到作家和作品；序跋常说到作家了，不过敷衍，批评的少，批评到作品的更是罕见。诗话文话等，倒以论作家和作品为主，可是太零碎；摘句鉴赏，尤其琐屑。史书文苑传或文学传里有些

批评作家的话，往往根据墓志等等。……从以上所说，可见所谓文学裁判，在中国虽然没有得着充分的发展，却也有着古久的渊源和广远的分布。（《朱自清序跋书评集》，三联书店 1983 年版，第 246 页）

这说的是作家作品批评，却也是对诗文评“体式”的顺带罗列。由此可见古人实施的“文学裁判”，敷衍也罢，琐屑也罢，总还是有所“裁判”，只不过借了种种文体诸如书札体、诗体、序跋体、诗话文话体、墓志体而出之罢了，加上前述系统著作和评点体，就构成朱先生所谓“广远的分布”了。

二

可是说到“书话体”这种称谓，在传统的诗文评里却从不曾见到，虽说古人所评，也并不排除独立成册的“书”。比如明邓云霄《重刻空同先生集叙》，明蒋大器《三国志通俗演义序》，清幔亭过客《西游记题词》，都算得上十分漂亮的“书话体”评论。但为何古时只有诗话、文话、曲话，而不见“书话”这一称谓呢？我的粗浅看法是，“书”在古汉语中，意义甚多，或指书信，或专指五经中的《书经》，或称文字，或称动词“书写”，虽然也可以指“书籍”，但若言“书话”，则含义相当不确定。这一点，“书”与同样为多义字的“诗”略有不同，盖“诗”之多义，对所指并无大碍。到了民国时代，“书”仍然是多义字，然而随着社会文化的变迁，近代以来图书印刷业的盛行，以及图书、杂志、报纸多种印刷品分类问题的显现，“书”字的意义慢慢发生偏移，更多情况下开始侧重于现代意义上的“图书”，而此时出现“书话”这一称谓，似乎也是顺理成章的事了。

如果要讨论书话与文学批评的关系，则不能不提及去年新出《书话与现代中国文学》一书。该书是目前对“书话”研究最广泛全面的一部专书，不仅追溯了书话的历史渊源、辨析了书话的文体特征，更在另外的六大章里详尽阐释了书话之于中国现代文学批评、文学文献学、文学经典化、文学变革、文化译介所发挥的强大功能，以及这种文体选择与现代文人身份心态的对应关系。其中第二章专论书话与文学批评，作者对书话承续传统文学批评方式的阐述，对书话形式的文学批评特点的分析合情合理，令人信服，尤其在论及书话批评的当代意义时，更是表达了一种正确而坚定的意见，表现出对当代学术日益僵化、体制化、板结化的认真反思和严正批评态度。作者通过对夏志清等前辈学者有关言论的引述，提出自己的观点：“在让人眼花缭乱的批评方法中，不管你的方法多么新锐、理念多么诱人，真正有效的符合文学发展的批评，关键要看你的批评是否真的切近于文本本原，是否贴近创作实际，是否切近于文本作者本身。”（赵普光：《书话与现代中国文学》，人民出版社

2014 年版，第 96 页）这才是问题的关键！一个只懂得烹调术而不辨五味甚至连舌头都没有的人，你能说他可以胜任菜肴评论师的职责吗？钱锺书早就说过："文人慧悟逾于学士穷研。"其"慧悟"与"穷研"之不同处，也不过就是"用心"体悟和徒以"方法"眩人的不同罢了。

如何"重建中国化的批评"？如何"纠正和改变当前的批评过于僵化、技术化的偏向"？作者由此提出了"呼唤书话这种批评方式"的建议（赵著第 95 页），作者认为："书话批评在当代中国文学批评中具有重要的启示意义。它启发文学批评家和研究者应该注意到，在习以为常、司空见惯的学院批评和学理性批评外，还存在着一种具有印象式、感悟式批评传统的路向。书话在很大程度上弥补学院批评的不足，实现着中国文学批评传统延续，乃至保留着重建传统文学批评的可能。"（赵著第 93 页）

三

我以为，作者对当代文学批评的批评切中肯綮，提出的"学理性批评"与"印象式、感悟式批评"相互补充的改革意见也是对的。不过，似乎也还有几点需要延伸开来进一步讨论的。其一，理论方法与批评文体是什么关系；其二，书话体批评的有效性；其三，学术评价制度问题。

夏志清1976年所写《劝学篇》，虽是对颜元叔的反批评，却也有不少关于文学批评的正面建设性意见。譬如围绕"文学批评不可能是真正科学化的"这一论点，夏先生作了相当细致的申述。他指出"物理学"与"文学研究"之不同，"有些统计式的研究（如唐诗的意象归类）当然可用科学法进行，但对某首诗、某诗人的鉴赏评断，还得凭个别批评家自己的看法，是无法科学化的。历代真正有见解的文学批评，虽是诗话体的，也还有人去读的。那些自命科学而显已过时的文学理论、文学批评倒没有人读了。"（夏志清《谈文艺 忆师友》，上海书店出版社2007年版，第88页）"按照'方法'写些刻板论文的批评小匠和广读群书、自有见解的大批评家之分，在明眼人看来，一目了然"（夏著第92页）。这两段话，涉及批评方法、批评家和批评文体三方面的问题，夏志清强调的是批评家的"看法"与"见解"，这是文学批评的核心，是绝对的，而"方法"与"体式"则是相对性因素。"真正有见解的文学批评"不管用什么方法、什么体式，都自有意义。"诗话体"作为一种批评体式，当然也可以如论文体、专著体、报告体一样承载"真正有见解的文学批评"。

"书话体"又何尝不是如此呢？故理论方法与批评文体只能是文学批评诸要素中两个相对次要而又各自独立的因素，一种批评方法可以根据需要借助不同的批评文体实施，一种批评文体也同样可以运用不同的批评方法。任何一种具体的批评体式，都不意味着理论方法的封闭性。即如书话体，除了印象式、感悟式的传统方法，当然也可以借助现代心理学批评或生态学批评的方法。从这个意义上，我倒是觉得关于“书话批评”的瞻望还可以进一步打开视野。

要复兴“书话批评”，就不免要考察一下这种批评的有效性。在此不能也无须面面俱到地论证出书话是最有效批评文体的结论，而只能以一二例证为书话体批评找到属于它的一席之地。那些专以书话见长的作者就先放下，不妨看一篇批评家的书话体评论。李健吾的两本《咀华集》是印象式、随笔体批评的范本，然也有个别篇什更近于书话，如评论叶圣陶的《西川集》，又如评论沈从文的《湘西》，都不过几百字的短制，以“随笔”“书话”视之均无不可，却也照样恪尽了批评家的一份职守。“风景不枯燥，人在里面活着，他不隐瞒，好坏全有份，湘西像一个人。”这是说《湘西》。“叶圣陶先生的平庸，如他所谓，是他的血，是他的肉，所以透过文字，很快就和我们的心灵融成一片，成为我们的经验，好像一个亲人，不用繁文缛节，就把温暖亲切的感觉给了我们。”这是说《西川集》，都只用了寥寥几句话就把一本书的长处说出来了。书话体，形式上也该是不拘一格的，可以通过书信、序跋、日记、随笔、札记等任何形式出之。孙福熙的《中国新文学的源流》，郁达夫的《〈徒然草〉后记》，钱锺书的《〈走向世界〉序》，在我看来也都是精美、有力的书话体批评。

李健吾的批评一向被认为是印象式的，那么，印象式的批评如果出之以“书话体”，如何保证其批评的有效性呢？在此，我愿意将夏志清先生另外一段话作为补充附在这里，我以为这段话对于以文学批评为职事的人是一个恳切的提醒：“真正的批评家，应致力于建立印象为法则。他的印象当然是主观的与其个人的——难道还是他人的印象不成——但是，由于他尝试以原理原则为参证，他会脱离纯粹的印象，走向客观的肯定。”（夏著第86页）

果能做到“建立印象为法则”，则即使在当代，包括书话体在内的批评方式都是需要且有效的，不管学术评价制度认可还是不认可。不过话说回来，需要且有效，也并非要重新洗牌。窃以为，就批评文体而言，论文体、著作体依旧有它们不可动摇的存在理由，书话体与论文体，不存在谁取代谁的问题。

最后，说到学术评价的制度问题，也许一句话就够了，那就是：事在人为，戮力改革。至于书话与书话体批评，该怎样写还是怎样写，不管制度认不认。

2015年2月8日于杭州午山

《桐荫话书》小引

去年初冬，我应约到桐乡图书馆做“木心”讲座，在与闻名已久的“梧桐阅社”新老书友愉快交流的同时，还得到该社负责人夏春锦先生的一部赠书，是他几年前本科毕业前后完成的、研究冯梦龙任职福建寿宁期间政绩和文事的专著《山城卧治》。回来匆匆翻过一遍，大略知道了这部书的由来，这才第一次特别注意到了作者的籍贯：福建寿宁。

说是“特别注意”，乃是因为此前似乎有所知晓却又不曾自觉到他的福建人身份。想来与春锦认识也有几个年头了，在我的记忆里，与他的往来总是与“桐乡”有关，比如他负责组织的“梧桐阅社”和编印的读书民刊《梧桐影》，又比如他对桐乡籍作家学者尤其是木心的持续关注和悉心研究，以至于我一直把他视为当然的桐乡人。若不是桐乡人，怎么可能年纪轻轻就居于桐乡且对桐乡地方文史付出那么多热情和挚爱呢？

现在，我又有机会先睹为快地拜读了春锦的新集《桐荫话书》，终于从其中一些文章里找到了合理的解释。原来作为80后的春锦是从他的原籍来浙西读书，在校期间就开始了对冯梦龙与寿宁关系的研究，又因为美好爱情的力量留在此地，成为桐乡高中的语文教师。至于何以热衷于桐乡文史，春锦则在某篇文章中谈到每到一地就该对该地文化有所关注和研究的观点，那么，他既然选择了桐乡作为他工作、生活的第二故乡，这种着眼于桐乡地方文史的热情也就顺理成章了。

《桐荫话书》是他于桐乡落地生根数年后第二部与书有关的著作，也是一部侧重于桐乡地方人物和乡邦文献的读书随笔集。因为不少文章原曾读过，这次等于重读，故而既熟悉又亲切。过去几年交往中，尚不及而立之年的春锦给我留下了好学、勤谨、谦恭的印象，他的文章则又写得扎实、丰润，不但带着清新的朝气，也有着相当坚实的学术功底，于平实素朴中透出灵秀气象。即使对于自己有所偏爱的人事，也并不夹褊狭的情感，而是理从史出，有一句说一句。在这个我们常常诟病而自己却往往苟且从俗的浮华世界里，这实在是十分难得的学风与文风。

比如对于木心，春锦在短短的一两年中，就一面勤于编撰年表，一面敏于为文探究木心重要事迹与文学魅力，充分显示了他的学术热情与活力。年表日渐充盈、详实，文章频频问世，本书中关于木心与夏承焘、茅盾交往的篇什得到丹青先生的认可，被收入纪念木心的专辑。对于这种一般人觉得枯燥而不屑于做的考辨工作，春锦是这样解释的：“木心出国前的人生经历，读者、论者，至今所知甚少，已知的零星故事，或者不确实，或者不确定。随着读者对木心作品逐渐深入的探究，对其传奇的一生自然也会发生深度了解的欲望。这既是出于同情心与好奇心，也是理所固然，因为，理解的深度与广度，离不开对作者生平的了解，准确详实的资料，于是成为首要的条件。事实上，木心一生际遇与他的作品、尤其是与他内心历程的关系，比一般文学家来的更其紧密、幽邃、深沉。”（《木心的一份“自制年表”》）文学研究固然有许多角度和方法，而对于作者家世、生平、个性、事迹的考察毕竟是最基础的工作，即使不着眼于知人论世，而仅仅就文献积累和整理而言，这种工作也是必不可少的。由春锦悉心考究木心生平经历之举，我遂有对于一部翔实可信的木心年谱于不久将来问世的期待与信心。

桐乡地灵人杰，向上之路漫漫，勤勉读书之外，更需洞彻人生。我十分赞赏春锦论及一位著名读书人时说的话：“说到扬之水与文化老人的交往，也许别人能做到像她那样的勤快，但未必都能像她那样真诚与纯粹，并得到老人们的充分信任。”近年读书在一个不大不小的圈子里仿佛成为一种“时髦”“时尚”

的行为，随之而来的就是一哄而上的对幸存几个文化老人的“围追堵截”，登门造访、相拥照相、求字求书求签名，不一而足，似乎已尽失过去那种类似雪夜访戴或程门立雪的优雅，而逐渐演变成了丝毫不亚于娱乐圈的商业追星现象。一面口口声声要虔心读书，一面又不折不扣竭泽而渔，是斯文耶？野蛮耶？

忽又想到闽籍前辈诗人蔡其矫诗集中的一首《寿宁少年》，短短不过八行：

晨雾的公路上捧着书本
远方的梦在稻浪禾波上升腾
课堂里闪着乌黑湿润的眼睛
一串净水钻石挂睫上
小城并无纯然的寂静
前后是青峦的山涛浪影
四围烟海云树溅泼出鸟声
天体的风在心中轰鸣

诗写于 1987 年，是年初冬蔡先生访寿宁，考察了冯梦龙宦住旧址，也为寿宁的文学青年进行了一次“精神扶贫”，还写了另外一首题为《冯梦龙》的诗。推测起来，春锦当时必定是在寿宁，只不过年尚幼，因而也必定与老诗人失之交臂。而我之所以还要提及此诗，是觉得蔡先生此行此诗和春锦后来的求学治学似乎总有某种神秘的关联，至于什么关联，我就不强作解人了，只把这段意识流提供给春锦，他若觉得还有点趣味和亲切感也就足够了。

春锦委我在这部书稿前写几句话，勉力为之，仍不敢言序，权当小引而已。

2015 年 6 月 22 日于杭州午山

《周作人书信》毛边本

静心闲读，又抽出上半年从天津带回的专门以“毛边本”为主题的读书类民刊《参差》第一期，一页一页裁开，一篇一篇读过，想到那天在游船上与该刊主编沈文冲先生说到自己邂逅毛边书的话题，一时心动，就想借此机缘把那天说过的经历再回顾一下。

虽说与书结缘几十年，可要说到专门层面的读“书”，我怕还只是一个门外汉。即使只就毛边书而言，也是如此，更不必说其他的专门知识了。

我现在的住所午山，距离龙井茶区梅坞、清谷都极近，因为喜欢“清谷”这地名，便顺手拿来做了自己书斋的名字，号称“清谷”，算是附庸风雅一回。去年所出关于签名本的一册小书便以《清谷书荫》题名。

且说清谷存书，有那么数十册民国版旧书，是20世纪90年代单位图书馆注销处理的。出于对书的发自本能的喜爱和新文学教学的需要，我以不同方式拣出，作为自己的私藏。这其中有几本书较为特别，因为它们的边不齐，显得毛毛糙糙。我当时还以为这是印装质量问题，心想，原来民国书是这个样子的，边都裁不齐呐！

一本是现代书局印行的胡春冰剧本《爱的革命》，一本是北新书局印行的沈从文小说集《入伍后》，还有一本是青光书局印行的《周作人书信》。

先说说这本《周作人书信》。因那天在游船上与沈先生提到的就是这本书。

书是竖排繁体，略相当于现在的32开，封面素洁，左上是横排“周作人书信”五个字，第二行四个字为“青光藏版”，这四个字下面是一个五角星。书的右下方是竖排“1933”，靠近书脊是两道装饰性的竖线。除这两条线是黑色外，书名等其他字都是深紫色的，看上去很别致。

最后面是书的版权页，竖排长框里依次是：“一九三三年五月付印／一九三三年七月出版”“周作人书信／实价八角”“著作者／周作人”“出版者／青光书局”“发行者／上海四马路／青光书局”“代售处／北平 成都 开封 南京 温州 杭州／北新书局分局／广州 厦门 武汉 重庆 云南 贵阳”。

这本书信集共收录周作人书信二十一题，其中十八题为“书”，致俞平伯、废名、沈启无三题七十七通为“信”。有意思的是，与“书信集”的书名相吻合，连书的序言也用了周作人写给编辑出版者李小峰的“书”，题作“序信”，这是周作人在“书”里顺带提议的：“这集里所收的书共二十一篇，或者连这篇也可加在里边……”

书是毛边，却都是已经裁开了的。仔细看书前书后阅读者的印签，更加证实了这本书早被读过不止一遍，当然就只能是裁开过的了。书的正文第一页有两方印章，都是“周炎虎”一个人的名字，书的末页钢笔蓝墨水竖写“二十六年十一月二十日重读毕”一行字。当然这也只是推知，究竟书的主人是谁，周炎虎又是什么人，钤印者和阅读者是不是一个，统无确证。

此书已跟着我搬家数次，最大的一次是整十二年前从泰山脚下的“海岳书屋”搬到西子湖畔的“朝晖楼”。对我而言，仿佛是负笈南游，对书的作者周作人启明先生，却该说是回归故里，想想竟是蛮有意思的事呢！

读《参差》第一期，知上海韦泱兄有十块钱“白捡”巴金毛边书的幸运，那么我这“无知者有福”式的幸运又该怎么表述呢？

二十年前旧事，写下来博诸位书友一笑。

2015年8月2日于杭州午山

《老照片》与《老漫画》

昨晚在晓风书屋，三个老朋友围绕李辉与文化老人交往对话的往事，与二三十位读书人聊了一个多小时。

三个老朋友指的是李辉、汪家明和李庆西，后面两位我只知其名，从未面见。其中李庆西先生是杭州的评论家，可惜来杭州后也从未遇到，据说是到上海了。

昨晚开说前，嘉兴范笑我兄介绍我与汪家明先生认识，因为是山东老乡，很觉得亲切。汪先生告诉我，他大学毕业前曾在泰山中学实习，和我所在的泰安师专仅一墙之隔。我把带去的《老照片》和《老漫画》的第一辑拿出来请他签名，他翻到版权页看了，说：这还是一版一印，现在很珍贵了。我说《老漫画》也是一版一印，他接着说《老漫画》与《老照片》不一样，是一次失败的尝试，所以做出版哪个成功、哪个失败是说不准的。不过，也正因为这样，这本《老漫画》

就更珍贵了。

《老照片》第一辑的版权页标明出版日期是1996年12月，到印出来再到书店销售，应该是1997年的事了。可惜我当时没在书上标上购买日期，只大略记得是在泰安买的，拿回家来很兴奋地看了，其中封二的曲阜彩色老照片，书中关于斗争“坏分子”、弘一大师涅槃像、蒋介石与陈洁如、袁世凯“隐居”、周氏兄弟合影和旧上海娼妓等文章的配图，都给我留下过很深的印象，以至于自己也跃跃欲试地想投稿。因为那时家里还有外祖父年轻时的一张照片，又觉得一张照片太少（其他更多照片存于济南老宅，一次家里失火全被烧掉了），终于作罢。

此后陆续出，陆续买，直到两年后的第八辑。这样，前前后后总共买了八本，算下来平均每年不到三本，没有达到第一辑“征稿”所说的“每年出版四到五辑”的目标。

不过数量并不特别重要，就是这一年两三本的速度，也给当时的我不少新感觉、新视野，甚至也还来不及本本都细翻，特别是其中的文字部分，更有不少未及阅读。所谓新感觉、新视野，是说从过去单一的文字阅读，一下子进入了“读图时代”，图画所包含的特殊信息量和传达方式，给人一种新鲜感。况且这些图片记载的历史信息又往往大异于当时刻板的权威媒体信息，是鲜活的民间生活和人类大历史的生动细节，往往此前闻所未闻，故读来既惊骇，又有趣。比如第二辑有关于中国酷刑“凌迟”的文字和照片，又有邵燕祥关于毛泽东追悼大会照片被“开天窗”的记载，还有中华人民共和国成立初期“五反运动”、清末老北京、上海日军慰安所、民国时期胶东女性服饰、徐志摩爱过的女性、新凤霞学艺的不少照片，的确引人入胜。

就在《老照片》出到第六期时，在该期第 91 页下端刊载了《老漫画》的出版信息：“本书是山东画报出版社在《老照片》畅销全国后又策划的杂志型图书，从 1997 年 9 月开始运作，遍访老漫画家及老文化人，得到大批珍贵老漫画，并由著名学者及知情人从文化的角度，通过对老漫画的阐述，来反映社会历史，回望人类心灵与智慧所走过的道路。图文并茂，具有很强的可读性，从整体形式上与《老照片》十分相近。每辑定价 8 元。”这是“书讯”的全文，足见编者为筹备此书费了不少心思。

从我买的第一辑看，内容相当丰富，信息量也大，印象最深的还是有关民国风情的一些作品，以及我少年时代从父亲所存旧杂志上读到过的“胡风集团”漫画。《老照片》第七辑又刊载了《老漫画》第二辑的出版信息，但我似乎没看到，也就没再买。不知《老漫画》究竟出了几本。

两本杂志创刊号的最后一页上，都有创办者“汪家明”的

“书末感言”和“编余絮语”，当时未曾特别留意，如今再读，才恍然那个年代正是国人“世纪末”集体怀旧冲动和读图时代的开端。

2015年11月22日于杭州午山

《此刻》自序

如今，写诗，于我而言，久已由一种喜好变成了积习，就如饮闲茶、翻旧书、享野趣一样。

欲罢不能。

好处是顺其自然，从心所欲，跟着感觉走。有瓜豆白捡之乐，无夜半推敲之苦。

坏处是惯坏了自己，疏懒成性，缺乏适度的紧张感，这就不能使写作进入一种比较自觉的状态，写不出真正有模有样的东西。

写作，尤其当真的写作，也必然是一份牵连着全身细胞的手艺活，要出力作佳品，当然就要全神贯注、全力以赴以求之。这种状态，我也曾一度有过，那是上世纪 80 年代中期，算得上用心。1999 年，在 80 年代一些短诗的基础上，从一个较为宏大的背景出发，搭起了我唯一一首长诗的框架，这就是本集第四卷《沐浴缤纷的落叶》。从写作的角度看，这是我自认为处在所谓自觉状态写出的一个作品。

这诗是一个界碑：此前是我写诗的“苦恋”时期，此后，则是我写诗的“失恋”时期。

“苦恋”即单恋，一门心思求诗，诗对我如何？心里没底。“失恋”是明白了自己的单恋，却采取了不放弃、不穷追的态度，这就成了后来的样子：诗来找我，就和和乐乐缱绻一番；诗不乐意上门，那就先玩别的。

另一方面，还慢慢形成一个想法：诗，不能太像诗。我的意思是，诗是自己找上门来的，不是勉强硬做出来的，或者说，不是按照某种约定的或流行的款式制作出来的。这其实也不是我一个人的想法，多少前人不都是在经过了“爱的初体验”之后这么慢慢聪明起来的？

诗应该就是诗，不能只是像诗。就如菠菜就是菠菜，而不是像菠菜，钻石就是钻石，而不是像钻石一样。

诗尽于意，意思到了就够了，大可不必为了表示有所“超越”和“创新”而刻意“苦吟”。

本集共收入近两百首长长短短的语体诗，基本上是我自上世纪80年代初到今年底的全部语体诗作。个别应酬之作舍弃了，另一类杂诗或曰旧体诗拟单独编集。

第一、二、三卷的百余首都是2002年入浙后的新作，约略可以由其感知我精神脉络和表达路径的某些轨迹。其中第三卷的“新五言诗组”或许是我有意为之的实验品，是想尝试将新旧两种诗体作些沟通，也想试试有无可能找回汉语诗言简义丰的传统，或者说有没有尝试一种“现代绝句”的可能。

第四、五、六卷的数十首是以逆时序编成的，即由近及远的次序，是我写得比较“认真”的一个时期之作，或者也可以叫作“泰安集”。我从 1985 年到 2002 年，在泰山脚下我的大学母校一待十七年，教书之余，热衷于写诗，有校外校内年轻诗友数人，又有省内省外前贤引路者数人，我感恩并怀念那个年代。

第七卷的十几首乃我最初的学步之作，唯有稚嫩，或称“莱芜集”。彼时我二十出头，初为人师，辗转于故籍莱芜的学校和教育机关，由语文组同事的相互激励和乡前辈吕剑先生的影响而焕发出对诗的钟爱。那是我的抒情年代，又苦闷又热烈，又几乎无处倾诉，诗就成了最便捷的泄洪渠道。《葵之歌》即是在一种无法按捺的热情中一气呵成写出来的，那是我第一次因为诗而感觉身心颤栗。

诗可以这，可以那，然归根结底，它首先是一项精神的体育运动。我感谢诗与我作伴几十年，给我带来内心的平静。我从来不是一个运动量大的人，真实的有氧运动是如此，精神的无氧运动也是如此，故我写得少。

很少拿去发表，更很少有人驻足观看评头论足。附录中收入了我为一本曾经流产的诗集写的自序，又收入了海耕先生认真写给我的一封信及我的回信和陈炳小友的一则短评，也都只是为了纪念友情，别无他意。拿到本集的读者或者也可以作些参考。

本来也无意编这么一部诗集，只是因为机缘凑巧，就编起来了。谢谢国涌兄赐序，谢谢长沙友人易彬、龙昌黄先生作伐，给这本集子找到了合适的出路，谢谢上海、杭州诸位同样热心推介出版此集的朋友。也谢谢北京燕山出版社的朋友们为此集“接生”。

2015 年 12 月 25 日于杭州午山

《历史·生命·诗》题记

1979年下半年，我进入泰山脚下的师专中文系不久，有两件与现代诗歌相关的活动令我印象深刻。一件是抗战时期著名的朗诵诗人、七十多岁的山东大学教授高兰先生来校，在听了我们同学朗诵的《哭亡女苏菲》之后，鹤发童颜、温和可亲的老先生也以低沉的嗓音作了朗诵示范，动情之处，泪水渗出眼角；另一件是文艺理论课刘凌老师组织讨论1976年“清明节事件”中的“广场诗歌”现象，我听大家多从政治、内容角度谈，就着重讲了自己对这次公众诗歌运动所用诗歌形式的看法，只不过停留在模糊印象层面，无法深入下去，故而会后刘凌老师命我将发言整理出来，竟不可得。

除此之外，我印象中还有当时“诗歌热”的种种迹象，比如系内经常举办诗歌朗诵活动，印象最深的就是听瞿弦和朗诵郭小川的《团泊洼的秋天》和《秋歌》。我自己也在本年级晚自习朗诵会上第一次“念”了贺敬之《西去列车的窗口》，稚嫩在所难免，在我，那却是在公共场所登台亮相的第一次。那时班里同学大都订刊物，我订的就是《诗刊》。有一次文学社征文，我还第一次比较正式地写了一组自由诗参赛，给了个“一等奖”——其实并没有写好。

回忆这些事，似乎有为后来混迹于“新诗研究会所”寻找理由的嫌疑。不过这大约也的确是庸人的一般思路，人是有这种寻根问祖的天然倾向的，我亦难免。好在借此可以梳理一下来路，也并非全无意义。

毕业之后，先当了几年中学语文教师，继续写一点诗文，又因为结识了前辈诗人吕剑先生而进一步贴近了“诗”，不过都远未达致真正的自觉状态，更远在当时波翻浪涌的“新诗潮”之外。直到 1985 年暑期之后调回泰山脚下的母校，前度学子如今变身为“现代文学”青年教师，才算走上“专业”或曰“学科”的正途。这段时间，一方面零零碎碎地回头复习新诗的模糊面目，另一方面因为吕剑先生以及校内校外几个热心于写诗朋友的感染让我开始关注热闹的“诗坛”。诗成了我日常生活的重要内容，诗写得多且认真了，又以通讯的形式对吕剑新作《凤鸟之梦》作了解读。吕剑收到我的信，很是认同，就连同他的回信一起寄给了济南桑恒昌主编的《黄河诗报》，发表了。

应该说，此前此后围绕吕剑诗作写的一些信，是我对当代诗歌进行评论的开始。

比较正式地撰写现代诗的论文是在1987年。因为山东省现代文学研究会当年年会确定的主题是王统照、李广田研究，我斟酌一番，决定以《作为现代诗人的李广田》为题写篇论文。我第一次对一位比较重要的现代诗人作出尽可能细致的考察，最后提出了我的看法，即作为诗人，李广田在最后的“被迫牺牲”之前，还有一个在“狂热中”首先牺牲了自己的“诗”的悲剧。在会议中，刘增人老师介绍我认识山东师大吕家乡先生，而此文即受到吕老师的热情肯定；后来文章发表，又很快被人大资料复印中心全文复印。这算是我第一篇受到学术界认可的现代诗学论文。

那时候，我是想从研究现代山东籍诗人入手，为此也做了一些初步的准备。除了李广田，我当然也关注王统照、臧克家、吕剑、孙静轩，还为朱健诗集《骆驼和星》写了一篇介绍性的评论，标题《一位曾被忘却的诗人和他的诗》虽略显夸张，实则是我真实的感受。最近有朋友去长沙拜望九十二岁高龄的朱健先生，诗人再度提及此文，认为是1949年后第一篇评论《骆驼和星》的文章。我听了只觉得惭愧，因为彼时能力实在有限，文章并没有写出应该有的深度和广度。

我的自知之明是，从研究现代诗的条件如教育、学术素养和学术训练这些方面说，我和我的同代人有无法弥补的先天不足。这是我在对民国教育有所了解并读过一些前人的学术成果后意识到的。古人和外国人就不说了，只要看看民国时期重要诗人和新诗学者如朱自清、朱光潜、梁宗岱、李广田的著作，就什么都明白了。叶公超仅只写过《论新诗》等寥寥数篇讨论现代诗的文章，可那背后的学养、积累又哪里是我这代人所能企及的?

并非为自己的不够努力开脱责任。就微观而言，个人的后天努力当然可以在某种程度上弥补一些先天不足，而从更宏阔的角度看，大的时代、文化背景对一代人的决定性影响或制约又是宿命般无法抗拒的。从这个角度看，“文化大革命”前后的两三代大陆知识分子固然是文化上“无根的一代”，即从小的学术层面说怕也只能是现代学术史当中“过渡性的一代”。我发此言，并非悲观或危言耸听，也同样是我真实的感受。

古人云：知天命，尽人事。凡事皆有两种或两种以上观察方式，或宏观言之，或具体言之，方式不同，感觉就不一样。譬如本集所收长长短短之文，从高处、远处打量，或不足一哂，而从低处、近处看，却也一篇有一篇的具体成文背景，对了解、观察中国现代诗和一些个体诗人的写作或许还能提供一点便捷之处。这是我理解到的本书出版的意义。

1999 年，在张清华兄的促动下，我出版了自己的第一本诗学论集《冷雨与热风》，当时朱德发、袁忠岳老师曾赐序支持，现在将序文附录于书后表示纪念。书中的一部分文章另收入 2010 年新出的《新诗与新诗学》中，还有几篇这次就一并收入本书。《张欣教授访谈》是 2011 年应浙江省中国当代文学研究会内刊《当代文学前沿》之约，由浙江工业大学中文系毕业生而时在重庆读研的王钰哲拟题，我以电子文档形式应答的，略略可见我之心路，今亦附录于书后。

谢谢浙江大学出版社宋旭华先生的鼓励和支持，谢谢浙江工业大学将本书列入人文社科后期资助项目。

2016 年 1 月 10 日于杭州午山

《辞海》情缘

如果把自己的书分分类，其中必有“工具书”这一项。而这一项当中，对我这样靠语言文字从业、过活的人来说，字典、词典也一定是必备而常备在身边的助手。多少年来，这些助手们无言而又忠诚地听命于我，总是在我需要它们的时候给我最切实可靠的帮助，从未让我失望。说它们是我最重要的成长导师、工作顾问甚至有趣的玩伴，恐怕也不过分。

《辞海》，或许是这些助手当中最具权威性的一位，而与《辞海》的结缘，说来也是一件既偶然又渗透着情感的往事。

1979 年我考进大学，给我父母带来了巨大的喜悦。在他们看来，这实在是一件不寻常的事，不仅仅意味着他们两个家族史上空前的光荣，也还寄寓着以此带动弟弟们的更大心愿。故而对我学习上的要求，几乎从来不打折扣地予以满足。要知道，那时基层普通干部的工资实在不高，平均到全家六七口人头上就更是捉襟见肘，勉强有吃有喝而已。好在自己读的是师范，给家里省了每月的饭钱，也算从大的方面给家里减了负。

我听说新出了一种《现代汉语词典》，就写信给家里请他们设法购买。为什么要家里“设法”？不确定的购书款是一方面，更主要的还是那几年犹在“文化大革命”结束初期，一切正刚刚开始，像这类新出的工具书总是供不应求，往往是新华书店给各地分配名额，结果大城市不易买到的书，县城一级的书店反而可能碰到，如果再有条件托托熟人，或许就更有把握。这样，过了一段时间，父亲借出差机会就把一部崭新的《现代汉语词典》给我送到学校来了。我有了较《新华字典》厚实得多的辞书，似乎配得上我念的中文系了。这本书的定价是五元四角，差不多是我两个星期的伙食费，自然，这也是我当时所拥有的价格最高昂的书了。

《辞海》的购买应该是在几年之后，我已经毕业当了高中语文教师，那时新版《辞海》已经问世，我还在姐姐家里看到一本浅灰色的“医药卫生分册”，拿回来自己用了。另有一种精装三卷本，我虽然很想拥有一套，可价格太高，对每月只有几十块钱工资的人来说还是颇费踌躇的事。也是在这时，我因为关注地方文化名人，到已故散文作家吴伯箫亲属家里采访，看到了吴伯箫收藏过的一部《辞海》“未定稿”，扉页上还有他用毛笔补写的题签："听说未定稿只印了一万部，山屋得存万一，晨夕翻阅，堪称快事。一九七二年十二月补记北京。"这也加深了我对《辞海》的好印象，想拥有一套的念头无形中得到了强化。

我不知从哪里知道了《辞海》有一种"缩印本"，只用一卷就把三卷的内容全收进去了，这不正适合我这样的"中低收入阶层"吗？我很兴奋，又托父母到书店打听，果然不久也买到了。这是一部十六开精装、厚达七厘米、带着粉绿色护封的大书，不是"砖头书"，更像"枕头书"了，价格是二十二块两毛，接近我当时半个月的工资。那很可能也是我本人当时最值钱的家当了。

我很庆幸有机会做中学语文教师，这让我养成了"抠字眼"的习惯。因为要解决生字词问题，每次备课就必须让自己拿得准，请教同事是一种办法，更多情况下则是查字典、词典，一般的字词请《新华字典》出面，普通的词汇让《现代汉语词典》帮忙，但碰到一些专用词汇，要追根溯源，可就只好拜托这部更具权威性的《辞海》了。尤其是我回到大学母校从事现代文学教学以后，不少文学理论概念和历史概念都需要把背景搞清楚，那时候没有互联网，又不可能住到图书馆、资料室，这部缩印本的《辞海》就成了我随叫随到的专业"高参"。就在昨天，翻检过去的笔记本，还看到自己 1989 年摘录的《辞海》“杂文”条目，想来当时在做有关“杂文”的课业，大概需要厘清“杂文”概念的由来吧。

如今这部缩印本《辞海》已跟随我三十余年，从山东到了浙江，浅绿色的护封边缘已经卷起，不得不用透明胶布作了局部保护，而书的主体与封面也已脱离，我却没办法再让它们“合体”了，真是莫大的憾事。

我还在旧书店买到过一册薄薄的《辞海》“宗教分册”，跟前面说的那本“医药卫生分册”是一个类型的。不过有了全本，分册就只供收藏和观瞻用了。

常说爱屋及乌，对于《辞海》我也有这种体会。在自己买《辞海》、用《辞海》的同时，我对有关《辞海》的事情也一直留意，比如这本缩印本《辞海》里，就有我剪贴的当初《解放日报》新版《辞海》出版的报道和通讯，以及其他报纸关于《辞海》历史钩沉的文章。在我看来，《辞海》编纂、出版的历史从一个侧面折射出国家、文化走过的路程，也记录着许多过来人精神成长的印痕，很值得追溯和回味。

对我个人来说，提及《辞海》，好像就有一种情愫被唤起，就想到不少人和不少事，心头氤氲着的是一份温暖的感觉。

2016 年 2 月 26 日于杭州午山

殷海光《中国文化展望》『出版说明』

几年前读上海三联书店版的殷海光名著《中国文化的展望》，很是受益，只可惜整个第十三章《世界的风暴》仅被“存目”，内容全部删去了。前年在台北几家旧书店想找到台版原书而未可得，心中怅怅不已。近日要备课，又想起这本书，仍拿出那本上海版“删节本”，不经意间在书前的“出版说明”里看到出版者某种“说不明”的苦衷，倒只好苦笑一下拉倒。

我揣测，出版者当初要把这本书推出来，用心之好，是无须怀疑的。否则对作者、对该书就不会有那么多光鲜的正面褒扬之词，如“旗帜”，如“精神导师”，如“现代思想史上一部重要文献”，以及所引用“追求中国现代化的学术良心与道德勇气”，是“讨论中国文化问题的一个新的里程碑”。

可是接下来就有些说不通了。因为一方面“为了有利于保存学术资料、方便中国近现代思想文化史的学术研究，也为了给中国大陆学者提供这一学术文献的阅读文本”，且“由于时代、地域等原因，书中有的用语和表述读者可能不太熟悉、习惯，但还是可以明白其义的。为了保持文献原貌，我们未作改动”。另一方面却又对殷海光“逻辑经验论和自由主义观念体系”延伸出的具体思想和观点由“不能同意”而“对此书作了一定的删削”，还画蛇添足地补充一句：“但书中仍有一些不妥的叙述，希望广大读者能以批判的眼光、独立思考的态度阅读此书。”

说不通！怎么说也是说不通！把“保持文献原貌”“未作改动”和“作了一定的删削”“批判的眼光”“独立思考的态度”放在一起，你自己说说，说得通么？

我想，看了我的话，露出一脸苦笑的该一定是一肚子苦水的出版人了吧？

2016 年 3 月 3 日于杭州午山

一

浙版《陈学昭文集》五卷本

此为余入籍浙江后买的第一套浙籍作家文集，当时还曾寻访其居所，期冀见到这位起步甚早、人生之路尤坎坷的新文学前辈，后来听说已去世有年。但有次与海宁学者陈伯良老先生同行，他告诉我：陈学昭是他的姑姑。这种奇遇在浙江本来寻常，因为近现代这一带名家太多，随时可能遇到他们的后人。

《章克标文集》两卷本

此为入浙后收存另一种浙籍文人文集，时此老百余岁，仍健在，居海宁。因为疏懒，也因为缺少热情，竟未前去请益。此类憾事，在我有不少，然亦无奈。

中青版《戴望舒全集》三卷本

十三年前南下钱塘，教书匠生涯依旧，先为一年级广告新生讲现代文学。艳艳秋光中，去皮市巷探访故诗人戴望舒旧居，回来又布置广告新生前去寻访，属文上交。果然大家纷纷攘攘呼拥而去，一时大塔儿巷口天天有“戴望舒故宅在何处”的寻访之声。从三十篇作业中选其三，自己也写一篇，于校报出一专版，颇为壮观。此后在特价书店购得这套三卷本戴氏全集，又有浙版诗全编一种，聊解我对这位著名雨巷诗人求知之渴。顺便说，戴氏是个人感觉在气质上最为相契的诗人，故心存某种内在的认同。

上海书店《徐志摩全集·补编》

志摩生前，人缘颇好，朋友众多，以至于死后“我与志摩”的话题一度流行。如今想来，以志摩“高富帅”之资质而成为“大众情人”，皆缘于志摩天性单纯，无心机，若儿童，确有其可爱处。迅翁以性情不同而加诸嘲讽之意，似欠温厚，大家各美其美和平共处多好！这套全集“补遗”亦入浙后购得，此前亦曾购得广西版全集，唯五卷缺　，殊觉遗憾。志摩忙了一辈子，理想甚多，学经济，学哲学，办教育，最终一事无成，唯有“诗人”一项算是做到了极致。莫非，此即命？亦或性格决定命运？

孙著《郁达夫外传》

前年曾为《文艺报》撰写《郁达夫的浙味小说》。不错，达夫小说写作的“浙地”意识是自觉的。忆初来杭州住朝晖小区，知达夫长子郁飞住所亦在此，然房子虽在，人却到了美国。陆续于假日书市购得几种达夫作品集，其中《郁达夫外传》乃达夫旧友孙百刚老人所写，史料尤为鲜活。

花城版“无名氏作品系列”

无名氏卜乃夫非浙籍作家，然1948年卜居西湖后竟一住三十八年，也算新杭州人了。其多卷本“无名书稿”的写作亦赖于西湖幽美环境，可惜“文化大革命”使无名氏吃了不少苦头，日子过得窘迫，而又频遭冷眼，说来杭州实在对不住他。“无名书稿”偷寄香港，初版于台北，所到之处，皆大红大紫，90年代末，大陆也开始重新发现无名氏，先后印出多卷本“无名书稿”。这几种即购自杭州，另有无名氏传记两种。无奈没有不散的筵席，无名氏，如今好像又成了“无名氏”了。真是“一代人来，一代人去，太阳照常升起”！

作家版《冀汸文集》四卷本

七月派诗人、胡风案重要成员冀汸，是我到杭州后最早去探望的文学前辈。2003年，我首次去浙江医院看望他，他告诉我“黄源也住院于此”，可惜我竟错过了这一探访鲁迅时代前辈的机会。冀汸先生2013年逝世，我曾去殡仪馆送别，此后于追思诗人的朗诵会上得到这套四卷本《冀汸文集》，实乃最好的纪念。

《新编鲁迅杂文集》三卷

迄今为止，我尚未收藏一套像样的《鲁迅全集》，只有零零碎碎的单本、选本。这套杂文集购自杭州某特价书店，作为日常读本尚可，用于系统研讨则远不够。尤其是考虑到 80 年来不同政治集团、不同知识分子群体加诸鲁迅的不同面目，个人化的解读更加显得迫切。不轻信任何集团和个人对鲁迅的曲解，不怀任何偏见地认识鲁迅及其同时代知识分子之于现代中国的正负意义，是当务之急。

《一叶的怀念——唐湜纪念文集》

应该说，唐湜先生是我结识最早的浙籍前辈诗人。20 世纪 80 年代末期开始通信，他的重要著作都曾寄到山东，甚至还希望我为他的《翠羽集》向某出版社推荐。后来此书收入陈思和与李辉编的书丛。21 世纪初，余入浙，忙于适应新籍，一直没到温州探望他，而唐先生却在 2005 年就辞世了，真是遗憾之至。那时受卢礼阳先生鼓励，一气整理出唐先生写给我的信，收入这部纪念文集，《开卷》也刊载了我写的悼文《最后的浪漫主义者》。1996 年《中国现代文学研究丛刊》第二期即发表我评论《新意度集》的文章，今年该刊第八期又发表我新写关于唐先生早期文学活动的论文。重温诗人手泽，追忆诗人情谊，不胜唏嘘。

湘版《知堂回想录》

最早读周作人，当在1985年，彼时从刘增人先生编选《中国现代文学作品选》供教学使用，初读《小河》《乌篷船》《故乡的野菜》并写阅读提示，教材虽系内印，高校订购者却实在不少。翌年购得湖南版《知堂回想录》读毕，90年代买《新文学的源流》影印本。新世纪入浙后，陆续买来止庵编《关于鲁迅》、钟叔河编《儿童杂事诗图笺释》、程光炜编《周作人评说八十年》等数种，又私藏民国版《周作人书信》一种，杂七杂八，真也不少。若无好感，岂会如此追捧？

程光炜编《周作人评说八十年》

天雨，天阴，行于途者遇堵，潜于宅者无聊。无聊乱翻书，遂得是编。约十年前购于杭州某旧书店，此为了解周二先生之入门书，对周抱神秘感者不妨一读。周乃大学者，亦为小人物。大学者，谓其用功勤、悟性好、成果多；小人物，谓其气量小、耳根软、时苟且也。

丰子恺著作

浙版《缘缘堂随笔集》实则入浙前在泰安购得，《护生画集》乃当时某学生赠与，入浙之后几乎没买任何丰氏著作，《儿童漫画集》可能是唯一一种，其实颇简陋。不过，寻访过桐乡丰氏缘缘堂，也顺访过上海陕西北路丰氏故居。总之，喜欢这位艺术家和散文家，喜其单纯、本真之美。

海豚版丰子恺《艺术趣味》

从文学史看丰氏，着重讲其随笔和续笔；从艺术史看丰氏，则似乎关注点更多，美术不必说，其音乐造诣亦不可轻忽。此书得自责编梅杰先生，今年 8 月新出，题名《艺术趣味》，一则表示侧重于艺术类文选，二则指收纳丰氏同名文集一种（共两种，另一种为《漫画的描画》），皆足以补充余之缺失焉。

《诗人陆志韦研究及诗作考证》

陆志韦，浙江南浔人，两度代理燕大校长，1951 年复被毛泽东任命为新燕大校长，旋又解职，燕大亦不存。死于“文化大革命”中期。余入浙曾购其英文著作《中国诗五讲》，又曾于浙图古籍部手抄其早期诗集《渡河》，拟用心研究其新诗实验。思运兄来杭以陆申报浙省课题获批，用力甚勤，效率甚高，既论其人，复考其诗，遂有此著。衷心为贺，成功不必在我。

浙版《陈梦家诗全编》

余读梦家，因其诗。研读新月派，固不能不参考其编《新月派诗选》，考察泰山，亦不能忽略他那首与闻一多同登泰山写成的《登山》长诗。曾于济南购《陈梦家卷》，入浙后复购浙版“诗全编”，喜其与乃师闻一多有趣的交往（尝闻其师函称梦家兄，梦家不谙古风回敬一多兄而遭训斥一事），悲其时代转折中因趋时追求“进步”而终被时代抛弃之命运。嗟夫，文人的瘦胳膊终拧不过政治的铁大腿呀。

程著《艾青传》

艾青的顶峰是80年代，一时竟被呼之为“诗坛泰斗”，且当时“泰斗”不止艾青一个。这当然不是艾青的错儿，只能怪国人虚荣心太强，就像眼下又开始捧屠呦呦一样。艾青听人家说要来看他，回敬一句：“我又不是孔雀，有什么好看的？”倒也可爱。程著《艾青传》是我比较认可的艾青传记，故特价购入。曾一个人到金华与义乌交界处的畈田蒋村艾青祖宅探访，却并没有写成文章的冲动，有点不可思议。对艾青，我的总体印象是，曾经很大气，终不能免俗，对第一个妻子张竹如亏欠甚大。

冯亦代《龙套泪眼》

冯亦代1913年生于杭州后市街，不折不扣的浙籍文化人。

80 年代，通过《读书》看了他不少介绍美国文学的随笔，牛汉告诉我：青年北岛常到冯家借书看。又知朋友圈里有“冯二哥”美名，不料晚年出版《悔余日录》，自曝 50 年代在章伯钧家做“卧底”生涯，结果引火烧“骨灰”，死后遭鞭尸。余颇不平，因撰文为之辩护。辩护，非为冯先生做“卧底”，而是为冯先生能“悔余”，较之那些城府深、善装糊涂的聪明人，冯先生终不失忠厚。我不是不恨“特务”，但我首先更恨特务机关，恨那逼人下水的思想控制者。此书为编选者董宁文赠送，当珍藏之。

《莫洛文集》两卷本

莫洛非莫言。莫洛姓马，浙江温州人；莫言姓管，山东高密人。知道莫洛，是因为唐湜早年评论过他的《渡运河》，还因为他在一本记录死于战时文化人的小册子里写过吴伯箫的“死讯”，除此之外，我并未读过莫洛先生其他诗文。他当过新四军，又曾任职杭大，确为资深文化人。这套文集，乃前年温州之行礼阳先生持赠，为我提供了接近莫洛的机会，很是幸运。

《木心谈木心》等

曾经以为浙江当代不会再出现一流大家了，而木心的浮出水面令我为之一振，这正是我期待已久的奇迹。自然，常存势利眼的诺奖评委会不会捧木心，通透如木心者也未必瞧得上瑞典文学院。好的文学就像好的人，是常常喜欢躲在一边的，绝不会涎皮赖脸去赶投机分子们的鸡尾酒会。我之对木心情有独钟，概源乎此。近半年忙于他事，未曾顾及木心，作为弥补，一次性网购今年四本新书，可以坐下来翻翻了。

沈氏茅盾

余高二预备高考，在1978年，从班主任家里借一册旧版《子夜》，偏偏读不进去，无奈还书。大学时再读，勉强读完。工作后，沈氏著述买过数种，入浙后反而少买，只重买了一本《茅盾论中国现代作家》，因原先那本被别人借走未还。此书对教学有帮助，提供一种批评视角。秦德君回忆录《火凤凰》倒是购自杭州旧书店，原因是80年代末在山东师大进修时听查国华先生提到秦与茅盾的感情史，欲知其详。读此书，可知茅盾一段婚外情之始终，亦可见一位女性眼中的沈氏形象。照片乃二人分手照，从表情看，皆一脸沮丧，足为后人观赏不成功的爱情之样板。

宋春舫

新文学初期戏剧家，宋居其一，而作品流布不广，知者亦少。倒是其褐木庐藏书楼和藏书票，似乎更为读书界推崇。此外，宋先生还有一桩功德，其子宋淇（或称林以亮）乃香港著名学者、翻译家，也是夏志清、张爱玲好友，其孙宋以朗亦有名。以故，成就了新文学史上的宋春舫家族。余近年购新出陈子善编选宋氏小书一种（海豚版《从莎士比亚说到梅兰芳》），又曾购得宋与另二人合集《欧游三记》及影印宋早期著作《论剧一集》，聊遣兴耳。

沈氏夏衍《蜗楼随笔》

终于有一天，在杭州汽车东站后面的一条巷子里找到他的故居，料想此处在百年前或许是杭州的远郊吧？作为新文学作家，夏衍有几部戏真够水准，细腻深沉，有心理深度，《上海屋檐下》之外，《赛金花》《芳草天涯》也耐读。余读夏衍，80年代中期较多，此后年年讲《屋檐》。此册《蜗楼随笔》，1982年11月人民日报出版社第一版，不久前购自孔夫子旧书网。今日又偶然读到作者散文《野草》，亦巧合焉。

余华作品签名本

在杭州参加的唯一一次签售，就是数年前博库书城文二路余华这次。排了很长的队，有足够时间观察余华与读者的互动，感觉余华谦和有礼，凡有合影要求者，必站起配合。其实此前已买过余华作品多种，这次也带去签了几本。浙籍当代作家，我真正觉得大气的可能就这两位：木心，余华。当然，余华的路还长，还须看有无后劲。

浙版《罪与罚》

1 月 28 日下午参加《浙江九三》编委会年末聚会，特地带上这本浙江人民出版社 1980 年初版陀氏《罪与罚》，请同为编委的书画家、也是当年该书封面设计者骆恒光先生写了一段话，以为纪念。这本书，既是名著，亦为名译，译者为鲁迅时代“未名社”成员韦丛芜，再加上封面设计者，浙江因素多多，真乃有多重意义。

许著《雁荡山笔记》

最新到手的书，最不“知名”的浙籍文化人。所谓不“知名”，是就当代国内图书市场“排行榜”而言，并非说许先生和他的著作不重要。因其地方文史学者身份不为大众读者所知，故其名亦不彰，此学术界吊诡之事，然亦为常态。智者不虑，如许先生坐得冷板凳之人，也才有如此厚重成果。许先生去年辞世后，孤陋寡闻如我，始识其大名。《雁荡山笔记》之外，另有著述多种。其中《雁荡山笔记》读来最觉亲切，《雁荡之名》诸篇终于使我晓得了雁荡山名称的虚虚实实，因撰文一记并答谢赠书人。

二

苏版《王映霞自传》

凡知道郁达夫的，往往不会不知道王映霞，乃因为此二人之如影随形之情缘。然在已往男性话语更具权威性的时代，一般读者知道王映霞，自然多从郁氏或其他人的文字中产生印象，如此则未必见得客观、全面、公平，此书由王映霞晚年口述，丁言昭整理，1989 年至 1990 年连载于台湾《传记文学》杂志，随之由传记文学出版社出单行本，至 1996 年底由江苏文艺出版社出增订本。余所购存即后一种。这是从一个女性自述角度回顾不无龃龉的陈年情事，态度平和，文字宁静，颇有纠偏之力。如一般所谓鲁迅《阻郁达夫移家杭州》一诗写作背景，即与传说很不一样，原来当初是鲁迅应王映霞要求，在王映霞留的宣纸上写的，《阻……》这样的标题不过是记者发表时自己添加上去的，原诗并没有。

傅著《无语江山有人物》

看到国涌兄正在厦门与读者见面，恰好自己也在杭州读此书：《无语江山有人物》。前言谈宋教仁一些话令人感慨，如："每一代人都只能在时代给定的条件下尽力，思想、发声、行动、挣扎乃至牺牲……在无情的时间河流中，我们渐渐看见进化论史观的不可靠……”此书为前不久到朝晖现代城傅寓拜访时所得，乃国涌兄新作。

黄著《八道湾十一号》

得见黄乔生先生新著《八道湾十一号》，从周氏三兄弟共同居住过的住宅写其聚散离合，别具深趣，更兼文笔洁净，铺陈有致，十分可读。三联书店今年6月版。8月9日拿到，昨夜初读数章。

八字评木心

台湾《联合报》评木心：“迥然绝尘，拒斥流俗”，此八字下得准。没这八个字，即非木心。

《爱木心》

快递刚刚到，先睹为快，不虚此言。我以为羊年已过完，原来羊大火腿正在从天而降。《爱木心》，夏春锦组编的一本关于木心的书，为木心故乡研究木心的奠基之作，意义不待言说。难怪丹青好高兴，《梧桐影》6、7两辑同时补足，无憾了。作为作者之一，吾也“好高兴”。

《浙江文坛》2014卷

此书出来有些日子了，直到前几天去作协才向郑翔先生讨得一册。为何要讨？因周维强先生评述2014年浙江省散文时，对我和我的两本小书有一番很特别的理解及评述，深得吾心。其实，我并不喜欢那种夸饰的吹捧的调子，而周兄所言给我的印象是：他读了我的书且对我的长处短处有一份“了解之同情”，这才是难得的。

北京有块《芳草地》

《芳草地》记不清是哪年、又是怎么与之结识的了？或许也是吕剑介绍？总之，此刊是我记忆最深、结缘较早的朴素别致小刊。实则该刊隶属于北京朝阳区文化馆，谭宗远先生实际主编，介绍北京地区读书名家最多，故有一股“京味儿”，而最早刊载一组“清谷杂诗”竟为“杭儿风”，亦趣事也。

《晚钟集》

好的论文该有使人欲罢不能的阅读渴望，须有透彻、明晰、真挚、轻快的文字表达。读张直心先生解读鲁迅《在酒楼上》一文，约略近乎我所企求的那种境地，贴近文本又超乎文本，旁征博引又妙然心会，深湛入微又波澜不惊，从容、宁静、不夸饰，却有一种内在的热情，仿佛正与所评析的对象遥遥呼应。

《温州通史编纂通讯》

说到温州图书馆，大都知道有个《温州读书报》，而对于另一种《温州通史编纂通讯》则相对陌生，甚至知道了也不太留意。实则从地方文史角度言，此刊较那张读书报更为自觉，容量也更大，学理性更突出。只是我并非温州文史的自觉挖掘者，少有发言，仅仅在主编卢礼阳先生督促下整理了与唐湜先生的通信发表，而却几乎每期都能收到，真是难为礼阳兄了！今年首期又有唐湜先生致陈梦熊手札若干，要仔细看看了。

《学林旧闻》

周兄维强是八九年前认识的，当时即受赠其新著《尚未远去的背影》一册，而又于校馆借阅其另一册《扫雪斋主人传》，由这些书及其供职单位，可知周兄关注点在现代教育。近年于某报亦时常看到周兄辑录的现代学人事迹，栏目名称为“学林漫录”，很是开眼界，以为日后汇编成书一定受到欢迎。不想今晚得周兄新赠《学林旧闻》，果然正是这些笔记的汇编，为徐雁先生主持“全民阅读书香文丛”书目之一，上海科技文献出版社 2016 年 4 月新书。在此祝贺周兄并自喜先赏为快，温州卢礼阳兄同赏。

陆费逵

2010 年秋，因为要了解现代出版大家陆费逵，我委托家在桐乡的某小友前往桐乡图书馆探访，结果带回了图书馆负责人十分热情的反馈，且赠我一册中华书局版《陆费逵与中华书局》文集。此集前半收入陆费逵遗文，后半收入有关陆费逵生平、事迹之文献资料，繁体横排，端庄厚重，这是我第一次与桐乡图书馆打交道，也是第一次接触陆费逵著述，留下的印象亲切、深刻，故不久之后，我就真的乘汽车奔桐乡去了。

《文化人》

约十年前，忽接成都谢庄先生惠书并赠书刊若干，原来他是经吕剑了解到我的。读其《命运交响曲》与《负重者》，始知其亦为“丁酉之灾”受害者，而其主编之大型文化期刊《文化人》，思想解放，视野开阔，所载多为犀利厚重之文，很是大气。其中某文还令我知晓了四川文坛一些不为人知的“密史”，眼界为之一开。惜不佞疏懒，未及跟踪保持联络，一去若干年，不知《文化人》犹健朗否。

赵著《画人陆俨少》

健雄先生的著述我接触有限，却也由看到的几种大致感知他所关注之广泛，而又保持着自己的内在空间。这部《画人陆俨少》属人物传记，对我了解此一当代画师自有助益，而我印象最深的倒是如此一个细节：彼“文化大革命”中遭“放逐”，彻底的“边缘化”，唯有某基层小人物仍上门以师友视之，此种“患难之交”自然难得，却又在“文化大革命”后陆先生“复位”之际最终中断了。原因也简单，陆先生为了展览画作，陆续从“患难之交”那里“借回”了当初送出去的作品，而又不作“归还”计，结果就是再也借不出来了，友谊也就此慢慢搁浅……怪谁呢？似乎也不是一两句话说得清的。

陶著《蒋百里传》

2009年12月9日晚，于杭州文二路博库书城觅得一册1985年版的陶菊隐著《蒋百里传》，以一元一角原价购得，心里一股捡了便宜的喜悦。蒋先生乃浙江海宁人，以军事学家著称，其《国访论》问世于1937年春，对于此后之“抗战”作出了明晰预见：“彼利速战，我持之以久，使其疲敝；彼之武力中心在第一线，我则置之第二线，使其一时有力无用处。”实已寓持久战、游击战于其中矣。陶著亦为旧著新编，均由中华书局印行，而前后历四十年，为之一叹。

孙郁《鲁迅与周作人》

七月中旬有西部之旅，路上只带了孙著《鲁迅与周作人》一书，旅程结束，全书读完，印象弥深。其中有谈鲁迅几句曰：“鲁迅从小到老，变化了许多。却有一点始终没有变，那就是内心的真。他是靠着这个真判断事物，全然不同于社会人的世故和伪态。有一些人写文章时还可以保持一点真，可做人时却被社会所规范，或说有点道学气了。”

三

海宁王国维故居

近十年前的冬天，参加单位组织的活动到海宁，徐志摩故居是必去之地，此外却也到了孤零零兀立于郊外路边的王静安先生故居。当时的直觉是，一座二层小楼，较之徐宅洋楼寒碜多了。那天有积雪，遂在门前雕像旁边和院中留了影，也就在那前后，于杭州的旧书店里买了这两种书：北大刘烜著《王国维评传》和一本王国维文选《晚清的最后一个文人》，都是某种丛书中的一种，以如此简陋的形式略微表示对这位近代学术大师的靠近。靠近者，难以企及也。这并非故作谦虚，对我这样毫无家底的“红旗下的蛋”，实在是发自心底的感慨。仅仅由这一个角度言之，余之入浙，亦为游学意也。如果说，民国文学兴于北京，而其根系之最粗壮发达的一脉正源自浙江，假如我欲以民国文学为观察对象，可无视浙江并浙江近代文化乎？

林语堂《瞬息京华》

林语堂诺贝尔奖提名小说（据说）*MOMENT IN PEKING*

是我所喜爱的现代作品，1987 年国内新出张振玉十年前的译本《京华烟云》，我买来看了，心中便增加了一个特别喜爱的文学人物姚木兰。但又从某些资料上知道此书标题当译为《瞬息京华》才更妥当，及至 2000 年后，竟于杭州旧书市购得郁飞译《瞬息京华》单本，湖南文艺出版社 1991 年第一版 1994 年第三次印刷，总印数已达四万三千册，这个数字虽远不及 1987 年时代文艺的十六万册，可也仍不算少。郁飞在书末《译者后记》中对该书颇为曲折的译介过程详加说明，也表达了他对以此行为“偿还父亲一笔文债”的心情，读来良多感慨。而我怀着兴奋买来这书其实还有一点私心，就是希望借机会向译者郁飞先生讨教，因我知道郁飞的住所也在朝晖，离我当时住的朝晖六区不过隔着一条街。可是我前去寻访，总见到房门紧闭、悄无声息，后来才知道其人已去国多日了，诚憾事一桩。

陆小曼的传记

从红颜祸水的传统，加上梁启超、张幼仪、江冬秀这些“倒陆派”的影响，连带志摩离世前与小曼的冲突，陆小曼几乎注定了要留下一个接近负面的名声。我本人长期以来也是对小曼怀有某种偏见。海宁学者柴草的这部《陆小曼传》很大程度上改变、至少是丰富了我印象中的陆小曼形象。诚如陈子善在序言中所说："我们从中看到了一个远离误解的陆小曼，一个接近真实的陆小曼，而这也无疑有助于徐志摩研究的深入，有助于为陆小曼在徐志摩生命史上定位……"这样一份认认真真纠偏的工作，也使我想到法国思想家蒙田的告诫：对于我们并不真正认识的东西，最好不要轻易作出否定性的评判。

此书买来也已若干年，2002年一版二印就已上万册，可见发行较广。后来到海宁徐志摩故居，似乎看到过增订本，想来内容一定更加充实了吧。

《长短录》

《长短录》，是继《燕山夜话》《三家村札记》之后，于1962年5—12月在《人民日报》副刊上开辟的杂文专栏名，前后共刊载37篇杂文，作者一共是五位：夏衍、吴晗、廖沫沙、孟超、唐弢，其中夏、吴、唐三位都是浙江人。不料1966年5月后竟被指为《燕山夜话》和"三家村"之分店遭污蔑打压，1974年复被冠以"长短录反党俱乐部"，且集印成册派发各单位供"批判"。1979年，由原编辑人员袁鹰、姜德明重新编集，交人民日报出版社正式出版，时间是1980年早春。小册子印制简陋，而印数达十万，封面茅盾题写书名，廖沫沙、唐弢又各写一篇前言性质的文字，规格颇高。某年在北京潘家园看到一册，以要价偏高而未“采购”。去年孔夫子旧书网以三元买得此集，品相尚好，而封底犹有“上海书店/1元”的蓝色出售章。细细一想，一册小书竟有如许曲折经历，殊可存也。

孙伏园《伏园游记》

由《新闻出版博物馆》获悉倪墨炎遗孀向博物馆捐献珍贵民国出版物五种，其中有1926年北新书局初版《伏园游记》，忽想到箧中所存也是此书此版，一模一样。孙伏园，绍兴人，鲁迅弟子，以编辑《晨报》《京报》《中央日报》等大报副刊知名，人称“副刊大王”。他自己也有写作活动，此《伏园游记》第一集即为一种，收录四篇游历绍兴、北京、山东、西安等地的散文，据说前后共印了六千本，如今已是难得的珍藏。我这一本，原得自校馆处理旧书，也有约二十年了。

赵紫宸《耶稣传》

怀念民国的理由之一就是，民国出了众多在当代环境中无法出现的人物。不仅不能出现，甚至不能生长，因为没有所需要的土壤。比如赵紫宸先生这样的基督教大学者，就无法设想如何能在当代产生。好在如今终于有了怀念民国的自由，才使赵紫宸和他的书有了浮出水面的机缘，也才能令我这样“无根的一代”有了重新生根的可能。我大概是因为读陈梦家，才顺藤摸瓜知道了赵先生，可也没有及时补课。这本赵先生早年的代表作《耶稣传》，是最近网购的旧书。是书初版于1935年上海青年协会书局，1965年香港重版，1988年底上海社会科学院出版社再版，我买的即是上海再版本1991年第三次印刷本，印数已达四万，可见需要补课者实在不少。近耶稣，总比近法西斯要好些吧？这是我要买这本书的原因。

临浦蔡东藩

有一类著作，其流传之广，影响之大，不止十数百年，以至于久而久之，读者受益无数之后，反而忽略了书的作者或编者，有时竟至一无所知。《圣经》《诗经》和《唐诗三百首》大抵如是，民国时期的一套《中国历代通俗演义》亦复如是。

这套书共13种，早期版本可印44册。我虽然未曾在该读的年纪去读它，但于图书馆数度看到《前汉演义》《后汉演义》的新版本，直到几年前才网购一种浙江人民出版社的三卷本《民国通俗演义》看了，对其细腻清俊的文笔很是赞赏，可也没有起意去了解作者的生平事迹。今日读完年前收到的范志强著《蔡东藩评传》，才对这位民国时期平凡而又具传奇色彩的著作家有了较深的印象。而作为蔡氏第一部传记，该书以拓荒者的勇气和甄别、考释功夫，较为清晰地勾勒出这位人生之路颇不顺畅的通俗小说家和民间学者的生命轨迹，又以“评传”形式重点对其最重要作品《中国历代通俗演义》之写作目的、原则、写法以及作品体现出的思想观念，还有蔡氏自撰、自批注、自评“三自”手法体现出的三种笔墨，作了较有分量的论析，同时也对蔡氏其他著作有所介绍和评论。就此而言，该书筚路蓝缕之功，便值得肯定和赞赏。

于我而言，还因为作者的介绍才知道蔡氏在“通俗演义”、《国史概论》、《清代史论》等已出版著作外，尚有晚年整理之四种遗稿未获出版，先后或遭流失，或遭焚毁，因感于书商之见利忘义及“红卫兵”之蛮野无知，为之一叹。

子张 2017 年 2 月 25 日于旧时钱塘

赵思运《一本正经》

现代诗有各不相同的路径和风格，不同路径和风格的诗都有可读与不可读之别。我喜欢穆旦的沉凝，也喜欢卞之琳的冷然，还喜欢聂绀弩、黄永玉的幽默。对当代还在写作的诗人，我也抱着同样的态度，不管是什么派，只要写得好，都不会刻意贬人家。当然，余暇少，看不了太多，更不容易坐下来写感想，还请诗人们多谅解。好诗在我心里，我也忘不了作者。赵思运先生的诗，和我的诗风差异不小，可是我喜欢读。原因有几个：一是俏皮，不一本正经，可也不邪恶，本质上还很人性。我觉得它们能疏泄我一些被压抑的东西，读了感觉很放松。第二，他的诗很率性，可也不水，貌似很散文，甚至直接把一些公共性的、现成的散文分行排列。与此相关，他还善于把日常生活场景一变而为诗的场景，几乎做到了生活与诗同步。从这方面说，赵诗是纪实性的诗。不过，他这种貌似“取巧”的转化实则又很用心，选什么散文，怎么排列，都有设计，有内在的布局和结构，可不是乱来。第三，他的诗有强烈的历史感，不过不是歪曲历史，而是凸显历史内在的真实，这真实多半荒诞可笑，暴露了人的不可爱的一面。可是人类爱虚荣，常常把这些自己造的孽掩埋起来，或者改头换面，粉饰得像模像样。赵思运和这些人开玩笑，把他们蒙在丑恶上的花被单硬是扯下来了，爱虚荣的人当然不高兴。不过我觉得这才好，连自己的恶都不敢面对，算什么好汉！

作者说《一本正经》是他“正式出版的第一部诗集”，这说法很有趣。“正式出版”四个字，只有用中国话说才会明白其准确意义。要是不加“正式出版”四个字，这就该是他的第五本诗集了。当然，《一本正经》也算是他的诗选集，因为多数是从前面四本“内部出版”的集子里选出来的。

2017年3月2日于杭州午山

苏州王稼句赠《历代七夕诗词抄》

前日七夕，或谓中国“情人节”，适逢台风“梅花”跨海将临浙江，因以戏笔，漫成一首新诗《情人节》，并以手机短信发诸友代祝福。诗挂“清谷花房”博客，此处略。

又想起前不久收到苏州王稼句先生寄赠一册《历代七夕诗词抄》，也想顺笔交代几句，一为答谢，二为“登记”，对七夕诗词感兴趣者看看亦无妨。

是书乃今年1月份新出版的新书，出版者山东画报出版社，印数三千，定价30元，正文343页。装帧设计者周晨，封面采用麦色底竖排暗格，中间一幅牛郎织女七夕相会的红色剪纸图，颇富民间情趣。

编选者二人，苏州崔护、潘振元，前者从十几年前着手编选，后因病衰由后者续编增补，稼句先生校订。编选背景和过程，崔护、柯继承二序和潘振元“后记”交代尚周全，可参阅。

全书收历代七夕题材诗词一千余题，上起《诗经》无名氏，下讫清末民初黄节。

除了古诗“迢迢牵牛星”一首，其余皆眼生，可知我读书太少。

2011年8月8日于杭州午山

章平三部曲小说

杭州民间诗歌团体"北回归线"三十周年回顾，有章平旧文，遂引发联想，写出几句话。没想到梁晓明兄竟然转告正在杭州的章平，于是暌违二十五年后，我们在杭州又见面了。

章平长我三岁，自该称为大兄，然实事求是说，二十五年前在北京人民大会堂领奖那次，我们并未有所交流。一是彼时仪式性活动，人多时短，不便说话；二来我在活动结束乘车前往前门全聚德烤鸭店用餐时与雷霆、曹宇翔、李晓梅几位山东老乡在一起，与获一等奖的章平先生失之交臂。

不过，我记住了他获奖的作品《飘雪》，也一直收存着会上发放的他出版不久的诗集《心的墙，树和孩子》，只对他"比利时华人"的身份不太了解。譬如他是因为什么原因移民比利时的呢？

二十五年后的今天，才第一次近距离坐到了这位浙江籍当代海外华人诗人的对面，我们都已是标准的中年模样了，虽未必沧桑，却也自知春温秋肃。

那天四人对坐，聊到店家即将打烊才止。回来翻看章平大兄赐赠的三部曲小说，从片段的阅读感受到浓浓的乡村记忆和诗性文笔，觉得对章平有了新的了解。希望有空坐下来细读。

《竺可桢国立浙江大学年谱（1936—1949）》

过去看浙江文化，多从人文或文学着眼，对于自然科学与科学家、教育家较少留意。实则稍加用心，即可知其人数之多、其贡献之巨皆未必输于人文专业。竺可桢作为其中之一人，而兼科学家、教育家于一身，不单为我所轻忽，似乎学界对其研究亦不足，以其地位，有一两部较详实可靠的年谱传记总是应当的吧？而直到今年《竺可桢国立浙江大学年谱（1936—1949）》出来之前，竟未得见这样的年谱著作，即是明证。

此谱作为竺可桢阶段性年谱，以竺可桢日记为基础，参以大量靠得住的档案文献和书籍报刊资料，并有实地探访与口述采访以佐之，终成洋洋三十余万字，可谓一部筚路蓝缕的著作。而同时亦是浙江大学的断代史录，并可窥见民国大学教育参差背景，若干文化名人之动态细节，实为难得。

浙江古籍出版社“蠹鱼文丛”

诸暨年会主题之一，是坐聊“蠹鱼文丛”一套四册学人随笔集。该丛书初由周音莹、夏春锦策划组稿，终由浙江古籍出版社今年暑期出版，计有扬之水《问道录》、徐重庆《文苑拾遗》、陈子善《浙江籍》、叶瑜荪《漫话丰子恺》四种，另有一种待出。从书所收，大致以浙籍作者或记述浙地书人书事为范围，也算选题方面的一个特色。至于内容，则又各有侧重，《问道录》多为日记，所记有徐梵澄、谷林、赵萝蕤等，细处着眼，颇可谈。《文苑拾遗》多为现代文学史料短文，多侧面为文学史补遗，尤为鲜活，如《“文化大革命”中一封追讨预支稿费函》即十分有趣。《浙江籍》亦为现代文学史料文集，惟涉及作者尽为原籍浙江省者，鲁迅、郁达夫、徐志摩、戴望舒诸大家自不必说，李君维、周越然、沈苇窗、林以亮这些相对边缘者亦在内，而更令人好奇。《漫话丰子恺》是内容最为集中的一册，专记丰子恺之方方面面。特色之三，是装帧考究。虽说对于近来流行的裸脊装各有评说，而此套文丛除了裸脊，犹有不少细节做得用心，如封面、护封、用纸、藏书票等等。总之，第一次组织策划而能达到如此结果，已属不易，至于不足与遗憾，实为难免，再接再厉就是了。

行脚录

车窗外的云南

一

暑假伊始，作云南六日游。

第一天飞昆明，宿楚雄，只留下了昆明城市一般般、滇池岸边灰暗暗的印象。第二天沿旧“滇缅公路”经大理至丽江，一宿而再宿，先后去金沙江上游虎跳峡和玉龙雪山看了，7 月 4 日晚还冒雨赶到四方街听了一场纳西古乐的演奏。第四日返程途中宿大理，第五日返回昆明去看石林，到所谓“七彩云南”购物，当夜住在昆明。第六日象征性地看了“金马碧鸡坊”，主要还是去一个大市场购物。下午飞回杭州。

“车窗外的云南”，是写实而不是夸张。大部分时间是坐在旅游车里，第五天从大理直开到石林用了近八个小时，所以这“云南六日游”实在算是“走马观花”。就这样，也只走了云南西北一条线，西南的腾冲，正南的西双版纳均未涉足。

车行路上和回来以后，对云南的感觉似乎都只是五个字：红白蓝绿灰，也就是五种颜色。这其中最多的当然是“绿”，亚热带的植物王国，不绿才怪；“红”是土地，因富含矿物质而呈赤红；“蓝”是天空，云南高原地带，空气透明度高；“白”有三义：白云之白、雪山之白和白族之白；“灰”就是石林的石头之色。

重复是一种修辞手法，在云南的路上才悟到它的效果就是加深印象。因为所经之处，不论原野还是山地，触目所及的植物中有一种特别的乔木频频引起我的注意：细细高高，树身棕黄，叶片有绿有蓝，有大有小，树株或簇生或孤立，皆给人一种抒情感觉，为北方所不见。这是什么树呢？恍惚中跳出冯至在战时西南联大写的十四行诗，似乎其中有一首“尤加利树”，是不是就是这种树呢？

一问导游，果然是。她并不知道冯至，更不知道会有人以此树入诗，只知道这树叫“桉树”，也叫“尤加利树”，可以从其叶片中提取芳香的精油，但这些已足够解我之“惑”。停车休息时，到路边采了几片桉树叶闻闻，果然有一股浓烈而特别的香气。

关于桉树，其故事甚多。由澳洲迁徙世界各地，有心者可以编纂一部《桉树移民史》，这里就不多言。只把冯至《十四行集》

碟片，才从这些老电影里注意到这些。进入新世纪，我在杭州的街头上看到有关“水乡乌镇”开发的巨幅广告，很想到实地看看。可惜近在咫尺的地方，竟也久久空在悬想中。

不过昨天、今天，我却一连去了桐乡两次，悬想中的水乡终于落到了实处。

去桐乡，是什么动力促成了这次快意的行动呢？

是为了原来不知道的另一位桐乡籍名人——出版家、教育家陆费逵。

年前，学者傅兄委我编撰陆费逵资料，我才通过图书和网络了解这位只在一定范围内知名的文化名流，知道了他作为中华书局创办者在近代新文化建设中的显赫地位，也知道了这位生前著述常署“桐乡陆费逵”的学者从不曾在桐乡生活过。但他又何以执着地将自己定位为桐乡人呢？这其中必有原委。正是为了索解这个奥妙，我先是委托学生钱君代我去桐乡陆费逵图书馆探路，继而自行前往。所喜两人皆不虚行，图书馆苏馆长热情接待，不但赠我以中华书局版的《陆费逵与中华书局》一部，并将我需要的资料一一复印，心中着实感动。

又为什么连去两次呢？

中写尤加利树的第三首抄下，呈给有心者备考。

诗曰：

你秋风里萧萧的玉树——
是一片音乐在我耳旁
筑起一座严肃的庙堂，
让我小心翼翼地走入；

又是插入晴空的高塔
在我的面前高高耸起，
有如一个圣者的身体
升华了全城市的喧哗。

你无时不脱你的躯壳，
凋零里只看着你生长；
在阡陌纵横的田野上

我把你看成我的引导：
祝你永生，我愿一步步
化身为你根下的泥土。

读了这首诗，即可知诗人在“借树抒情”，重心不是刻画，但涉笔成趣，“玉树”“插入晴空”“无时不脱你的躯壳”诸语，还是写出了这种树的一些特征。余不才，亦作顺口溜一则《云南的桉树》，以记所见：

名字很好听
身材很诗意
头顶艳阳天
根扎红土地
树皮层层落
树叶蓝中绿
长者寿百岁
幼者或及膝
家族渊源久
芳香可通鼻

这就是桉树
学名尤加利

2008.7.13 杭州大热中

二

说到大理，看过电影《五朵金花》的中老年人就会想到苍山洱海，“大理三月好风光，蝴蝶泉边好梳妆”是这代人耳熟能详的旋律。对于60、70年代出生的一代，则会联想到金庸武侠小说《天龙八部》中的大理国，熟悉新文学史的又会想起郭沫若的历史剧《孔雀胆》。总之因了这些印象，而今作为旅游胜地的大理所以会被人们向往，也就并不奇怪。

可是从昆明到大理，路途实在不近。而且这段路在中国现代史上之赫赫有名也并不亚于古大理国。这段路就是修建于抗战初期、被称为战时中国生命之路的滇缅公路。

关于滇缅公路之来历，虽是抗战史上绕不过去的话题，但由于国共两党之间的恩怨，长期以来却不为国人所知。改革开放以后才算打开禁区，相关的文字与影像资料也才渐渐进入大众视野，由此也才对抗战史上一段传奇故事有所了解。

就像历史学家黄仁宇当年曾经以中国赴缅甸远征军一员的身份著有《缅北之战》那样，同样参加过远征军的西南联大学生杜运燮也曾留下了一首著名的诗篇，题目就是《滇缅公路》，其中写道：

> 路永远使我们兴奋，想纵情歌唱。
> 这是重要的时刻，胜利就在前方。
> 看它，风一样有力；航过绿色的田野，
> 蛇一样轻灵，从茂密的草木间
> 盘上高山的背脊，飘行在云流中……

在诗人看来，这条路的意义是伟大和庄严的：“就在粗糙的寒夜里，荒冷／而空洞，也一样负着全民族的／食粮；载重车的亮眼满山搜索／搜索着跑向人民的渴望……”

而今车行路上，已全然不能想象当年的艰苦卓绝，因为现在昆明到大理下关、下关到畹町都已变成线条飘逸的柏油路面，路两旁的青山和高高的尤加利树带给人的都是极其温柔的情感。在即将结束这段行程而快到大理的时候，导游开始用“风花雪月”四个字给我们介绍大理的风光了。

我也注意到在不少百姓家的照壁上都有这四个字，我甚至想到诗人穆旦以“风花雪月”四字代表中国传统诗意是否与他当年在云南的印象有关。但是车过大理的时候，“风”“花”不在话下，“月”无从谈起（因是大白天），而苍山雪，这最令人憧憬的高原风光却没有显现，只有大团的白色云头罩在山巅。几天之后，当我们按原路返回时，天已晴朗，也还是没有丝毫雪迹。

这不能不让人想到全球气候变暖所导致南极雪化、北极冰融、青藏高原积雪减少这类令人忧心忡忡的话题。而此时，又一次八国首脑聚会即将在日本北海道召开，会议的议题正是有关限制排放、延缓变暖……

可是能否达成共识？又能否作出承诺？有没有行动？从会议结束后国际社会发出的议论来看，前景似乎不容乐观。

也写了一首小诗，《车过大理》，聊以寄托这种忧思。

导游说：
上关风、下关花
苍山雪、洱海月
大理就这么风花雪月
这一天
我们的旅行团
正从这里通过

看了上关的风车
吃了下关的芒果
可是洱海的月呢？
可是苍山的雪呢？
这一天
八国首脑
正赶往日本国

2008.7.15

三

我最早知道云南这个地方，是从我父亲读过的《文学》课本里，那里面有一首活泼俏皮的民歌让我很喜欢：“你唱的歌是我的，我从云南学来的，我在路边打瞌睡，你从我口袋偷去的。”那大概是“文化大革命”中后期，我在读小学或初中。

云南的确是个神秘、浪漫、自然的地方，中学接触地理之后就知道了昆明是个“春城”。2000 年的时候，我在上海拜访施蛰存先生，问过他对住在上海的感受，他说：“上海有好有坏，好处是能买到外国书，坏处是没有地方可去接近自然。”说到这里他突然调动起生动的记忆，说他最怀念的就是抗战时期在云南大学教书时呼吸过的云南的空气。

外国人也早知道了云南，特别是丽江、香格里拉，而这跟洛克先生的推介分不开。这一次，在玉龙雪山游览时，还看到对洛克先生与丽江关系的图片介绍。

在丽江，纳西族 25 岁的青年导游小和跟我们讲得最多的是丽江人的悠闲生活与摩梭人奇特的婚俗。丽江人的悠闲让我们这些生活在快节奏、大压力中的城市人感到惭愧，摩梭人的“走婚”风俗似乎更是令“文明男士”们怦然心动，因为一说到这个话题，车内的气氛就立刻活跃起来。

在丽江束河古镇的篝火晚会上，我们这些被文明束缚成木偶的“知识分子”只能站在一边呆呆地“欣赏”纳西人欢快的舞蹈，直到接近尾声的时候，才被导游拉进舞圈小试身手一番，解放了自己的那一刻，才知道原本简单、快乐、纯粹的生活早已远离了我们。

关于金沙江和虎跳峡，以及迷宫般的丽江古城四方街和宣科先生一手操持的纳西古乐队，我就不说了吧。总之，桃花源一样的古城现在已变成最为喧嚣的地方，四方街上本应该幽静的酒吧现在被震耳欲聋的打击乐所淹没，既然如此，丽江又何以再是丽江呢？

不过，幸运的是，在经过一夜的大雨之后，第二天的晴空白云让玉龙雪山露出了神圣的面孔，满足了我们内心对自然之美、纯粹之美和圣洁之美的神往之情。

雪山的纯净不能不使人放弃华丽和绚烂，而欲以最单纯的孩子气的语言表达内心的清凉，我把这朴素的诗题作《玉龙雪山》：

第一天雨水涟涟
第二天云开雾散
这时候
我们都看见了
玉龙
雪山

雪山呀雪山
你可真好看

至于丽江，我的印象则是：

丽江的牦牛很多
可是再多
也多不过
四方街上的
游客

2008.7.17

四

石林也是我很早就知道的风景，改革开放之初，我买过一幅可以贴在墙上的印刷品石林风景照片。中国人对造型奇特的石头素来喜爱，收藏者、欣赏者代不乏人，曹雪芹诗云“爱此一拳石，玲珑出自然”，以太湖石营造自家庭院也曾是白居易晚年一大乐趣。但像云南石林这样规模宏大、蔚为壮观的天然奇石景观，恐怕天下都属少见。

自然，石林之被欣赏与中国传统的审美观有关，自然与心灵的契合成就了这片美景，于是有了千姿百态的命名，有了文人雅士各有寄托的题刻，也同时留下了不同时代风云变幻的痕迹。“文化大革命”中，鞭尸之举体现在这里，就是把民国云南省政府主席龙云题写的“石林”二字刮掉，宁可落个丑陋的空框在那里，也不能让“封资修”占领这一“阵地”。想来真是“左”得离谱。

不过人因了贪婪和幼稚似乎总是不自觉地处处留下笑柄。开放之初，石林跟着“时来运转”，可据诗人公刘的说法，也并不比“文化大革命”时候好到哪里。他在一篇题为《会见“阿诗玛妈妈”》的散文中写道：“无孔不入的商品经济，渗透了每一座岩体的缝隙。到处都是摆摊设点的小贩，有的还会用几句英语兜揽生意，各色次品、赝品以及绝非手工制作的‘手工艺品’充斥坊间；视角较好的一些地段全被‘摄影师’们割据了；卫生状况不甚理想，管理部门缺乏对游人的反污染教育；过多的人工雕琢，某些用心良苦的绿化，反而起了破坏景观的负作用；最为荒唐的是，林间草坪之上，挤满了不知怎么从戈壁滩上拉来的骆驼，还有用矮小的白川马涂上一道道黑花纹，‘改装’为非洲的舶来品——‘斑马’；而若干位作‘阿诗玛’状的少女，居然在头帕一侧插上野雉毛……”

现在距离公刘写这段文字时候又过去了近二十年，但商品经济并没过去，故而也就没什么大的改观，只是那些过于拙劣的戈壁骆驼和造假斑马不见了而已。但是人造草坪还在，完全破坏了石林地貌的原生状态，每个景点都是人头攒动、摩肩接踵，这里显露出的，只是商业开发的冲动和野蛮，自然和美已经沦为经济学的奴仆。

倒是在返程途中，透过车窗看到：某些尚未“开发”而与红色土壤、绿色山林以及顶着烈日劳作的农民融为一体的“石林”，犹自纯朴、沉默地存在着，因为没有“经济指标”的压力，才保留了一份自然和从容。常识告诉我，这就是真实的美，而真实的美不需要门票，也不需要“知名度”，它可以并且最好是“遗世独立”，因为一旦遭遇人的贪婪，真实的美往往就会荡然无存。

和石林有关的是传说中的撒尼少女阿诗玛。这个美丽的少女经过几十年的人工“打造”，似乎也已变得扑朔迷离了。比如说，她对热不巴拉及其儿子阿支的拒绝，真的只是表现了对“地主阶级”的仇恨吗？她的故事仅仅是一个“阶级斗争”的故事吗？那么，流传于撒尼人民生活中的这个传说，与《白毛女》《王贵与李香香》又有什么区别呢？

而今，阿诗玛的真实故事已没有人愿意去探究了，她已简化为一个小石林中眺望远方的石柱形象，匆匆忙忙的游客在“她”跟前留个影，又匆匆忙忙地追赶自己的旅游团去了……

因有《阿诗玛石柱》四行：

阿诗玛兀自张望
观光客匆匆忙忙

穿上撒尼人的花衣裳
到她跟前照张相

2008.7.20

五

云南六日游，线路是“昆大丽”三个点，不过昆明这个点似乎并没有实际内容，印象中就剩下了“往返必经之地”和“临行购物”这两项。

透过车窗，确能感觉到昆明城市建设之陈旧平庸，但不管怎么说，昆明毕竟是省会城市，滇池、西山也是人人知道的盛景，怎么可以不看一眼呢？就我个人说，战时西南联大遗留下来的一切是最希望寻觅的，西南联大，无论从战争状态中的大学还是从战争状态中的文学角度考察，都堪称奇迹。冯至的《十四行集》和《山水》，穆旦的《探险队》和《穆旦诗集》，杜运燮的《诗四十首》，闻一多编选的《现代诗钞》，鹿桥的《未央歌》，或诗或文或小说，都已成为新文学史上的经典作品，那么，孕育、诞生过这些作品的城市总有某些值得考察深思的地方吧？即使是中华人民共和国成立以后，也不是完全没有值得寻找、反思的故事，比如《阿诗玛》的整理与再整理，又比如“文化大革命”中云南大学校长李广田离奇的死亡……

但是，仿佛故意要给我们留下遗憾，导游终于还是顺应旅游经济的规则，把昆明半日的时间留给那专为旅游者设置的购物一条龙了。

对这种安排，你无法不服从，因为合同上的条款早就达成了，一分钱一分货，的确没有商谈的余地。尽管如此，作为游客也还是略有不快，有一种请君入瓮的感觉。不平则鸣，所以还是以一首发牢骚的小诗结束这篇《车窗外的云南》吧。

到了昆明
可以不去西山吗？
可以

到了昆明
可以不去滇池吗？
可以

到了昆明

可以不去西南联大吗？

可以

到了昆明

可以不去“七彩云南”吗？

照规矩

可以说：

不可以

2008.7.22

一块石头　两个半天

武夷山九曲溪景区中段，矗立着一座顶天立地的天游峰，正面崖壁上有“壁立万仞”四个大字，背面山谷又有“第一山”“武夷第一峰”种种摩崖石刻，表示前人早已经拍案惊奇过。当地人也有“一块石头玩半天”之说，意思是这天游峰既高大险绝，而又一石独立、少有依傍，人们登此峰游赏大约总要用半天时间。

其实天游峰只是武夷山六六三十六峰当中的一座，海拔四百多米，相对高度不足三百米，而其势奇绝，遂给人拔地通天之感，倒把更多连绵起伏的峰峦遮蔽了，此之谓“抢眼”——抢俗人之“势利眼”也。

两个月前我曾来登天游，不料想出了洋相。那是一个烈日当头的上午，也许攀爬得急了一些，也许是自己本不硬朗，大约在最险要的三分之二处，突然感觉缺氧气急，耳鸣胸闷，大汗淋漓，亟欲卧倒休眠。而导游一边扶持、一边劝我坚持走完这段“鱼背”上的盘道，认为这时坐下很可能就起不来了，说得就如红军爬雪山那么可怕。我知道自己平时血压偏低，这种情况下只要坐卧在盘道上平静一段时间就会恢复，遂坚持低下头半趴在路边，只感觉汗水顺着脸颊、胳臂、胸膛淋漓而下，不断走过的游人纷纷掏出自带的清凉油和水递给导游，一边还嘱咐该如何如何。这样过了十几分钟，渐渐平静下来，学生李君从山顶端来一杯白糖水给我喝了，和导游一块儿陪着我，终于一个台阶一个台阶地走完这段窄路。

这回重来武夷山，是为参加福建师范大学主办的“21世纪中国现代诗第五届研讨会暨现代诗创作、研究技法学术研讨会”，紧张的研讨之后，便是轻松的“文化考察”，第一个下午就还是登天游峰。我本心虚，担心窘态重演，打算只在峰下走走，然而走过朱熹当年主持的紫阳书院，进了山门，心里却又痒起来。结果趁着众人还在岩穴阴凉处逗留的当儿，我一人捷足先登，静悄悄上了盘道。吸取上次的教训，这回我敛气屏声，轻抬脚，勤歇息，很快过了半山亭，往上就是最狭仄陡峭的“鱼背”了，周围一望，已是众山皆小我独高。可惜上次没有余地这样瞭望，但感觉这最陡峭处也并不如上回惊险，就在疑疑惑惑地寻找着上回卧倒之处的时候，一位清洁工人却告诉我只剩下一百米路程了。回头看看，却仍然看不到我们会议上的同行。

一个人上了山顶，几步路走过了天游阁前的平台，然后就是背面下山的幽途，陆续又看见了上次看到的那些题刻。不过短短两个月中，这些大小刻石都已经重新填了油漆，一片朱红当中，独有“汉奸汪精卫”一处整个涂成了深蓝，这是少见的民国时期的文化遗迹之一。再往下，还有一处石坊，乃为“中正公园”，中间的党徽被挖掉了。没查史籍，不知中正先生与武夷山究竟有什么关系。

下得山来，听见远处茶室里传来说笑声，却是没有上山的几位老教授，其他上山的同行则还未见有人下来。到溪边观鱼，溪水清透湍急，鱼为红眼鱼，逆流群集，均有尺把长。

后来听说，在我之后结队登天游的同行中，谢冕先生第一个冲上了峰巅。

我的乐趣只在于，以并不十分健朗的身体第二次上天游，获得的却是第一次的从容和平静。

2009 年 8 月 22 日

桐乡寻踪

桐乡这个地名，最早是作为茅盾故乡记住的。我小时候读父亲当年看过的人教版《文学》课本，特别喜欢记录有关作者简介的内容，比如籍贯、笔名什么的，这个习惯一直保持到很久以后。在我讲授现代文学史的时候，也还喜欢给学生介绍这方面的内容，以调节课堂气氛，增加一点立体感觉。

其实，真要说到文学研究，我以为涉及文本与作者的关系，作者的出生地是不能忽略的一个环节。因为一个作家、诗人甚至学者在从事写作或学术工作时，他的所有个性、学养、社会化过程无一不对其产生显在或潜在的影响，而成长期的地理环境和文化环境其实正是个性养成的重要因素。甚至其从未到过的“祖籍”，作为一个文化符号都会给他许多暗示呢，何况是出生、成长的故家！

过去读茅盾小说《林家铺子》和《春蚕》，并没太在意其中的“江南水乡”，直到前些年在课堂上放碟片，才从这些老电影里注意到这些。进入新世纪，我在杭州的街头上看到有关“水乡乌镇”开发的巨幅广告，很想到实地看看。可惜近在咫尺的地方，竟也久久空在悬想中。

不过昨天、今天，我却一连去了桐乡两次，悬想中的水乡终于落到了实处。

去桐乡，是什么动力促成了这次快意的行动呢？

是为了原来不知道的另一位桐乡籍名人——出版家、教育家陆费逵。

年前，学者傅兄委我编撰陆费逵资料，我才通过图书和网络了解这位只在一定范围内知名的文化名流，知道了他作为中华书局创办者在近代新文化建设中的显赫地位，也知道了这位生前著述常署“桐乡陆费逵”的学者从不曾在桐乡生活过。但他又何以执着地将自己定位为桐乡人呢？这其中必有原委。正是为了索解这个奥妙，我先是委托学生钱君代我去桐乡陆费逵图书馆探路，继而自行前往。所喜两人皆不虚行，图书馆苏馆长热情接待，不但赠我以中华书局版的《陆费逵与中华书局》一部，并将我需要的资料一一复印，心中着实感动。

又为什么连去两次呢？

说来好笑，昨天午饭吃过，突然心血来潮要去桐乡，打算先去乌镇、石门探访茅盾、丰子恺旧居，当晚住在石门，第二天再就近去桐乡办事。于是乘 3 路公交车到钱江小商品市场，再乘 2 点 10 分去桐乡的中巴，3 点 45 分到桐乡客运中心转乡镇小公交，4 点 20 分到乌镇。找到“西栅”“东栅”景区和“茅盾故居”，景点已经暮色沉沉，快下班了，且茅盾故居不单独售票，一并包在一百元的通票里头。突然一下没了兴致，转过身朝西边的老街区走去，却发现那边临河，是尚未开发、保持着原生状态的居住区，河这边是若干家杂货店，河对岸是“乌镇农副产品市场”，杂货店里的竹编和市场里的物品，这倒是我愿意看的。

转过半条街，仍然回到主干道，突然想起没带“汉王扫描笔”，这样第二天怎么工作？看看天色已晚，住在石门的设想被自己否定了。那就赶回杭州吧，想着便坐上一辆人力车到了乌镇客运站，乘 6 点钟的快客直接回了杭州。等车的间隙，跑到车站旁边对着暮色苍茫的乌镇拍了几张照片。个人觉得，这片泥地上的乌乌的天色、墙垣、树木以及高高树上的鸟巢，才近乎想象中的旧日乌镇，较之那新开发的、乌黑油亮的高门楼更有味道。

7 点整，快客进杭州九堡客运中心，出站，坐上 K101 公交，新闻联播开始，新闻联播结束，101 到达浙江工业大学站。

感慨：原来桐乡离自己这么近！原来乌镇已变成旅游工厂！原来自己竟这样丢三落四！

只好第二天再去桐乡。

第二天是星期六，1 月 30 日，阴。仍坐 K101 到九堡，10 点 45 分快客，午间到达桐乡。想着中午不便登门，就转乘 K201 城乡小公共去了石门镇。穿过一条商业街南行，在一石桥旁的小餐馆里吃了一碗大排面，老板娘指给我看："丰子恺？诺，过去桥走几步，一打弯就是。"

果然，"一打弯"，先是一条寂静的小街，约走五六十米又是一座桥，桥那边左手屋舍俨然处，正是"丰子恺漫画馆"的墙门和"丰子恺故居"的入口。故居门关着，我以为中午不上班，趴在窗口往里瞧瞧，结果门开了，说是上着班的，且不收门票。走进院落，首先看到一座雕像，后面是生平业绩展厅，右手二楼也是展厅，展出的是丰子恺书画作品，有几幅是罩在玻璃柜中，大概是真迹。下楼前行，拐入一庭院，才是"缘缘堂"所在，一个长方形的小院落，房子太高，庭院太小，真有点"天井"的感觉——南方旧民居，好像都是这种格局，狭小而精致，但有点憋气。

留恋约半个小时，也就退出，仍然跨过那座雕刻着丰子恺画作、由其女儿丰一吟题名的“木场桥”，回到原来的南北街上，南行几步便是宽宽的运河，河边立一石碑，刻写着“古吴越临界处”六字。

回来查《缘缘堂随笔集》，留意到丰子恺当年因缘缘堂遭逢战火，曾一写《还我缘缘堂》，再写《告缘缘堂在天之灵》，三写《辞缘缘堂》，表达对日寇的愤慨。《辞缘缘堂》一篇，写其家乡石门湾和缘缘堂之前因后果最为详细。其中一段是：“缘缘堂就建在这富有诗趣画意而得天独厚的环境中。运河大转弯的地方，分出一条支流来。距运河约二三百步，支流的岸旁，有一所染坊店，名曰丰同裕。店里面有一所老屋，名曰惇德堂。惇德堂里面便是缘缘堂，缘缘堂后面是市梢，市梢后面遍地桑树，中间点缀着小桥、流水、大树、长亭，便是我的游钓之地了。”

一条大运河把乌镇和石门湾连接起来，茅盾和丰子恺原是如此近的乡邻，但二人同为新文学名家，人生之路毕竟不太一样。茅盾算是投身革命，革命成功后虽然也被“边缘化”，但总还是“高高在上”；丰子恺却只是纯正的艺术家，右手写画，左手为文，一生未有太大波折，身后也还有统战部送的花圈。只是二人虽是老乡，却没有多少交往，莫非无缘?

下午 2 点半，赶回桐乡市区，在市府大楼前下车，找到西侧的桐乡市图书馆和陆费逵图书馆（实际是一个馆），打电话与苏馆长联系，她刚好不在，但说安排好先由助理接待。果然，一会儿馆长助理沈女士就引我到三楼地方文献资料室，安排我查找所需资料。半个小时后，苏馆长回来，我被介绍到她办公室见面，所需资料则由管理员代为复印送来。

苏馆长是一位干练的中年女性，她介绍了图书馆对本地名人的文献收集和研究工作，表示对外地的学者一方面保持联系，一方面尽力提供帮助。比如陆费逵，他们就很早获得中华书局支持，建立了陆费逵图书馆，专门收藏中华书局出版的图书，他们也和陆费逵的后人以及研究者保持着密切的往来。只是相对于茅盾、丰子恺、钱君匋，陆费逵因为离世太早，对他的研究起步较晚，资料也相对匮乏一些。我看了他们地方文献资料室中的书柜，果然有关陆费逵的图书相对最少。

与苏馆长随便聊了不少话题，其中包括陆费逵何以自署“桐乡陆费逵”一事。虽然一时没有证据求证其心态，但我想这大概就是通过追认“祖籍”而对自己身世、族裔、传统的某种皈依吧？

大约 4 点，记下了上海陆费逵研究者王震先生的联络地址，我告别离开图书馆。随后与 2003 级校友沈君到市政广场对面一家咖啡厅稍坐，聊了会工作、生活、同学，我仍去客运中心乘车返杭。

桐乡两度往返，算是乘兴而来，尽兴而归。若说寻到了什么“踪”，可能还需要慢慢回味一些时候才清楚吧。

2010 年 1 月 30—31 日 雨

飞临日本

在因地震、海啸出现的日本旅游低迷季，执意去了日本。

本来，单位定的旅游线路是两条：柬埔寨和九寨沟，我特别建议添加了日本本州六日行，这条线前年冬天一部分同事去过，这次报价每人4000以内，另外一些项目以“自费”形式列出。

但因为护照办得匆促，6月底的旅行改为7月12日，上海起止也改为杭州起止，方便了不少。

对于日本的历史、变化与现状，我一直有兴趣。作为近邻，中国的现代化历程也一直有一个日本参照存在，涉及的领域方方面面，值得深究。即使是现在，日本的现代化已然实现，中国的现代化方为“初级”，当然需要争取近距离观察的机会。

这时候去日本，首先需要顶着一点“压力”，这“压力”来自国内的舆论。

“哎呀，不怕辐射啊？”日本因地震引发的核辐射究竟是什么情景，人们并不确知，但谈到辐射而色变，几乎成了多数人的本能反应。仔细想来，这里确有对“辐射”常识的无知，但多少也与国内食品安全、生活安全缺乏保障的现状有关。多少年来，国人生存环境的恶劣，使人们产生了对恐惧的条件反射。前段时间的“抢盐风潮”即是一例。

说是“六日游”，实际上是四个整天加来回两个半天。12日下午1点10分搭乘NH952航班从萧山机场起飞，两个小时后到达日本大阪关西国际机场，当地时间已是下午5点多，阴有小雨，随即乘车入住“关西美景0724-69-1112”酒店。酒店靠近一个食品超市，雨后的超市上空出现了两个巨大的彩虹，我想这就是一个诗人诗中所谓的“双虹”吧？没想到会在日本见到。

这里可能不是大阪的中心区域，但是干净、整洁、宁静，行人很少，这是我的“日本初体验”。可惜感冒较重，头沉咳嗽，与几个同事沿街道小走一会，路过一家像是旧书店的门市，又在超市买了冷牛奶等食品，也就回酒店早早睡下了。

第二天上午离开酒店，乘车前往大阪城公园游览，又去心斋桥商业街自由购物1小时，这些都是免费的，下午赶赴古城京都游览了免费的平安神宫外苑和祇园艺妓街，参加了一个自费项目“清水寺”。实际上，自费收取4000日元，导游不过购买了一张300日元的门票。这一晚住在“东横INN中部0569-38-2045”酒店，感冒仍然严重。

14日上午乘车3小时去箱根，游览的中心项目是自费的“地狱火山大涌谷”“富士山五合目”和“忍野八海”，附带参观“富士五湖”之一的“河口湖畔”。7月的富士山看上去并不高，我们到达的“五合目”已是2500多米，上面还有1400多米。想捡块火山石带回，导游说日本方面有规定，带不回的，只好作罢，只拍了一些照片。而且登富士山顶是要申请的，我们就看到了一个数十人的登山团队在五合目高呼口号宣誓的情景。

晚上住在“御殿场Station0550-83-8400”，这里有温泉可洗，我因为感冒去得迟一些，正赶上十几个吾国东北口音的人赤着身子泡在里头，口里一边大唱着抗日歌曲，还连呼“打倒日本帝国主义”的口号，实在煞风景。

15日感冒症状仍很重，不过上午还好，下午难过一些。早餐后随车去市外的“平和公园”参观半小时，接着又驱车两小时赶到东京。途经静冈市首府、也是日本著名的工业城市名古屋，可以感受到日本工业的扎实积累。

东京给人的最初印象是古旧、简朴，没有想象中的国际大都市气象，摩天大楼很少，也许这正是东京的风格吧？导游先是煞有介事地渲染“红灯区”的神秘，而后果然带团到市中心的新宿“歌舞伎町一番街”游览了半小时，其实这红灯区跟一般街市混在一起，只是有众多黄发摩登少年的广告头像较为醒目，被导游称作“日本鸭子”。因为是白天，只偶尔有几个这样的少年招摇过市，与一般男孩不大一样，有点“妖”。

天皇寓所不能进去，只能在外苑“二重桥”头拍照留念，之后好像还去了一个新建的类似皇宫的建筑，满院子都是白沙子，据说是古代防刺客的办法，现在这里供年轻人举行婚礼。下午是自费的东京湾游船和银座购物，以身体不适，均未参加，导游把我们几个放在江东区丰州一个“lalaport”的商场里等了数小时并自费晚餐，在三楼一家“万豚记”中国面馆点了广东味的汤面，每碗价 880 日元。这一晚宿东京市内两国的“珍珠两国 03-3625-8080”酒店，因下腹涨坠，反复揉腹，慢慢平静下来。一晚好睡。

翌日早起，走到酒店后面的“隅田川”，沿河道散步，碰到不少晨跑的日本人。回到马路，又看到了江户东京博物馆和一个相扑运动馆，然后导游带团去“秋叶原电器免税店”购物，再去浅草寺游览 1 小时，投 100 日元抽取一个“第九十九大吉”

签，上有“红日当门照，暗月再重圆，遇珍须得宝，颇有称心田”四句“观音谶”，背面有日文的解释，虽然不能领会，总觉得该是一些好话吧。

还参观了一个“松下高科技展示中心”，预见若干年后电器、电子产品的发展走向。下午全部是自费项目，我们几个不参加，导游欲把我们撂在餐馆等候，提出异议后，始同意我们随车行，在迪斯尼乐园正门外的宾馆附近休息了几个小时，看到日本人安安静静、不丢垃圾、小孩自己走路的日常做派，很是敬佩。午晚两餐均为自费。晚餐是在一个烧肉店要了份套餐，只有一盘牛肉加几片青椒、洋葱、胡萝卜，实际上只有一个人的量，三杯冰红茶，结算下来却要3570日元，日本食物之昂贵可见一斑。赶到羽田机场，乘晚上8点20分ANA147飞机返回大阪关西机场，入住乡村酒店“Yutaka wing 0724-65-0022”，第二天早餐后在酒店里买了一套日式浴衣，价2000日元。在酒店外等车时，看到有日本老人在菜园里收拾，几个小孩，大的带着小的，在跨越水渠时哥哥抱弟弟过去，很是细心负责。一边的稻田则青葱撩人。

10点5分乘坐NH951次航班，两个小时后返回杭州萧山机场，恰是东京时间午后，北京时间午前。

日本之旅匆匆结束，匆忙得几乎没法谈观感，只留下了最初的印象：透明的美与安静的美。

从飞机上俯瞰日本，海洋国家的形象历历在目，狭长的本州岛山青水媚，森林覆盖率极高。在日本所经过的城市与乡村，无不干净清爽，绝看不到国内那种随手丢垃圾、塑料袋满河道的现象，其实超市里免费供应塑料袋，却没见污染。国内“禁塑”，热闹了一阵，一切又恢复原样了，看来不是有没有替代物的问题，首先是要学会“各人自扫门前雪”的习惯。

日本的汽车很多，据说平均三四个人拥有一辆，但无论城市还是乡村的道路，都并不见拥堵，也听不到汽车喇叭声。我们在国内穿马路习惯于成群结队、旁若无人，汽车喇叭不响就岿然不动，到了这里往往会下意识地闯红灯，而身后的小汽车仍然不按喇叭，耐心等你穿过，反而让我等感觉到不安了。还有，大阪、京都、东京这些大城市，马路上行人也不多，骑自行车的和走路的，每人都安安静静，没有大吵大嚷，即使一些商场里女孩子“吆喝”“叫卖”的声音，也很轻柔。如果有人做个研究，比较一下中日两国人讲话声音的平均分贝，应该很有意思。

我猜测，就目前说，中国人和日本人的主要不同，或许就是集中在社会管理、工资收入和日常行为习惯几个方面。

日本人的社会管理不靠标语口号，重视的是自律和细节。

虽然在旅途中受着感冒的困扰，但心情是轻松愉快的。只是没有大包小包地参加“购物”，或许在同行的人看来有些不可思议吧。

2011 年 7 月 19 日于杭州午山

台北四日行

一

去年暑期，第一次宝岛行，是跟了旅行团去的。从高雄落地，由南而北，南投、基隆、台北，匆匆六日，真正是走马观花。故而数度面对电脑想敲出一些字而不得，想来是无话可说的缘故。

其实对台湾，我这代人一直是怀有神秘感的。小时候听得最多的无非两点：台湾是美丽的宝岛，又是“蒋匪帮”统治下的水深火热之地。小学常识课本上似乎有张台湾同胞在街头卖儿鬻女的照片，令人不寒而栗。我也捡到过一张台湾宣传品，正面是孙中山画像，背面是青天白日旗。偶尔也从收音机里听到怪里怪气的台湾女播音员的声音，那自然是“敌台”，被人知道可就是“偷听”的罪名了。

这都是“文化大革命”后期的事了。到了80年代，台港文化大流行，邓丽君的歌、余光中的诗，“乡愁是一湾浅浅的海峡”，一时乱花迷人眼。才知道失魂落魄的不是别人，乃是自家。这种荒谬感觉用今日流行语表达，一个词：吊诡。

上次六日之旅，虽说匆匆掠过，倒也新增一点感慨：不管你口头上认不认，过去的架子毕竟还端在那儿，四四方方的汉字也没变成化石，三教九流、“故宫”国宝、优雅的“国语”，也很“中国”，都没走味儿。

这一次，十六日去，十九日回，也就四天不到，却因为是定点专访，倒比上次更有感觉。如此，那就记点什么也好。

二

台湾的大学，过去只晓得白先勇、李敖读过的台大，余光中所在的高雄中山大学和张晓风读过的东吴大学，余则不甚了了。为了写这篇纪行，才经由网络略略得知，台湾的大学就性质而言，分为普通大学、师范和技职三个大类，每类大学又分公立（“国立”、市立）和私立两种。技职类学校最多，九十多所，其次普通类，六十多所，师范类最少，不足十所。普通大学中，“国立”的以所谓“五大”“四中”“双科”以及阳明大学、台北大学、台湾师大最知名；若云私立，则以辅仁、东吴、淡江的文科和长庚、元智、中原的理科为佳。

和我们建立校际交流关系的文化大学，即属于一所老资格的私立普通大学，其址在风景秀丽的阳明山顶。记得乘车上得山来，折入一个窄道，曾看到道旁许多旧洋宅，询问陪同的赖升洪先生，才知道是当年美军留下的。而文化大学就建在一侧，最老的建筑都是传统的大屋顶，黄绿相间，色彩亮丽。可惜只在这里的“晓峰纪念馆”开了一天会，经由校史展览对学校及其创办人有所了解，却对校园整体格局不甚清楚。好在会议发给的材料中有一套明信片和一个光盘，有闲暇时不妨打开看看。

只怪自己孤陋寡闻，这次才知道学校创办人张其昀先生的鼎鼎大名。他字晓峰，浙江鄞县人，早年就学于南高师，先后任职于中央大学、浙江大学、哈佛大学，网上资料称其为“中国现代人文地理学的开创人，也是历史地理学的鼻祖”，1949年到台湾后创办了文化大学，而且还“促成多所大学的复校和新学校的建立，开创博士学位教育，着力中小学基础义务教育，基本奠定了台湾的教育格局”。

不过文化大学最初是叫“中国文化研究所”，然后又改为“中国文化学院”，现在的校名是1980年才有的。

三

16日飞抵桃园机场，随后赖、罗、施、杜四位老师和国忠、陶浒同学陪我们乘车至龙潭三坑村中正路三坑段711号石园活鱼餐厅用午餐，餐后游览慈湖中正公园和大溪老街，用了一个下午。印象最深的是中正公园众多的蒋氏塑像，有坐有立，还有骑在马上的戎装塑像。仔细看，才晓得这些像原来分布于台湾各地，后来才集中于此，显示了台湾政治文化变迁的轨迹。又有蒋氏陵寝，门前士兵守护，气氛庄重。至于陵寝何以未归葬大陆，则有不同解释。

晚餐在大溪山水餐厅，文大中文系王俊彦主任专程从台北赶来作陪，一时朋友相见，其乐融融。

当夜入住隐在山中的大溪文化会馆，这也是主人特意安排的。

17日，是这次台北之旅的主题所在。从上午10时至下午5时半，以“发皇华语·涵咏文学”为标题的“第四届中国文学暨华语文国际学术研讨会”在阳明山文大之“晓峰纪念馆”举行。难得的是，现任文大校长李天任、“中华诗学研究会”理事长吴大和以及秘书长李瑞泰诸先生均出席了开幕典礼，他们态度谦和、温文儒雅，给人印象殊佳。

作为我个人，参加两校学术活动已是第二次。上次是我校主办，故在杭州开，文大方面来了七八位老师。这次我们到台北，变成了客人，突出的感觉是他们安排得更为周详细致，场面既大，学生参与也多。此次两校参会教师共写作论文23篇，内容涉及古代哲学、文学、区域文化和现当代文学。两个会场，每个会场各三场研讨，中间穿插便当午餐、校史参观及茶叙，每个发言限定十三分钟，评议为五分钟，结果发现多数老师掌握不好时间，往往是尚未展开，时间已到。看来，在规定时间内发言，安排好发言的内容，或者说根据规定时间决定讲什么、怎么讲，即使对于学富五车的大学教授，也是需要训练的一种艺术啊。

令人高兴的是，在大厅里突然遇到上次在杭州会上见到的纪碧华老师，在休息室聊了一会，我将带去的一本小书《清谷书荫》送上留念，没想到过了一会儿，纪老师却拿来一盒精致的台湾阿萨姆红茶给我，让我很不好意思。

四

第三天原来的安排是到新北市的野柳风景区以及台北市内的“故宫”、士林官邸游览，因为不少人去过，加之多数老师希望逛逛书店，遂做出调整：先去几个书店购书，若有时间再去“故宫”。

来台前就听说台北的旧书店很多，有朋友还提供了台大、师大附近几家旧书店的地址供选择。文大赖老师陪我们去的则是乐学书局、诚品书店和一家叫“总书记二手书店”的旧书店，分别代表三种不同性质的书店模式。金山南路二段上的乐学书局主要为图书馆、学校、机关团体代购文史哲类图书，重点不在零售，但因为是第一家，故大家购书较多。我也在此买了香港中文大学版的赵振开小说集《波动》和夏志清《中国现代小说史》。

诚品生活敦南书店规模较大，因面向普通读者，学术类书籍并不多，和去年去过的101大楼内的书店格局相仿佛。这次我想买的书是台版木心文集，结果得到洪范书店两种：《散文一集》和《琼美卡随想录》，都是1986年第一版2012年第二次印品。INK的《木心作品集》一套十三种，2012年初版。

二手书店本来要去的一家是“茉莉”，不巧那天临时关闭，改去“总书记”。这个店名很怪，却也很切实，从书的角度说真是别致又恰当。可惜在这里并没看到真想买的书，两本夏志清不同版本的“小说史”和李长之的“李白”最终都放下了。倒是看到几本殷海光和纪念殷海光的书，而我想买的只是《中国文化的展望》，因为我读过的上海三联版有整章的删节，很想看到完整版，可惜这里也没有。

也许多走几家总会找到，无奈时间有限，只好有待来日。

中午，升洪先生带我们到著名的“鼎泰丰”吃小笼包和面食，排了很长的队。但店里很干净，操作间全是年轻小伙子，个个全副武装；服务员则美女居多，微笑服务，一点不含糊。

下午三四点，还是赶到“故宫”一游。没来过的进去参观，来过的就在外面等。一个多小时后，再乘车到圆山饭店，参加文大中文系在这里举行的欢送晚宴。“中华诗学研究会”副理事长、诗人陈庆煌冠甫先生，“中华诗学研究会”秘书长李瑞泰先生，文大教授廖一瑾女士出席，其中廖一瑾女士曾任张其昀秘书。这个晚上大家高兴，发言的发言，表演的表演，很是热闹。

五

19 日上午，提前赶到桃园机场，准点登机，两个小时之后，到达杭州萧山机场，结束了这次台北四日行程。

有些感受。

主人热情，礼节周到入微，令人感佩。去时，四位老师、两位同学接机，各持标牌，从不同方向招呼，此其一。入住山中会馆，单人单房安排，会馆的女主人也是来则车前迎，出则车前送，陪同的老师同学随侍左右，始终如一，此其二。会议发言，张口必先问安，与会者也同样回应；中间茶歇，服务的同学穿梭来往，为与会者一一送上茶点，此其三。但是这种热情与周到，又毫不夸张过度，处处包含着尊重和体贴，给你留出空间和距离，让你觉得礼貌并非纯粹的仪式，而是真正的关怀。

台湾虽是小岛，对中华传统文化的传承却不曾中断，故而文脉深厚，书卷气颇浓。圆山饭店晚餐时，王主任命我以好朋友身份致辞，余略略表达此行心情，谓“不惟感动，更有敬慕”，也正是此意。当然，这与执政者和知识分子的谋划、自觉有关。即如张其昀先生创办文化大学的初衷就包含种种保存、发扬中华文化的抱负。“建立一所以发扬中国文化为主旨的完整大学；建立一所以宏扬中国学术与三民主义为主旨的研究机构；倡导音乐、美术、戏剧、体育（含舞蹈）及大众传播等学科，以期开展中国文艺复兴之机运。张先生为一介书生，以‘承东西之道统，集中外之精华’，为其毕生之志业”，这就是当初创校时的三个宗旨。

2014年11月30日前后数日，杭州午山

京城四日小记

这次往来京杭，主题是读书会友，25 日上午高铁去，28 日下午高铁返，整四天。

四天中，有十一个小时在高铁上，这段时间用来读书。去，读的是《中华散文珍藏本·邵燕祥卷》，只读了其中第一辑的散文。返程，读的是邵燕祥新赠《〈找灵魂〉补遗》，差不多读完了。

因我行前就打算好，除了配合董宁文安排的“问津书库·开卷闲书坊首发暨品评座谈会”，私心里最期待的是拜望两位忘年交的老诗人，九十五岁的吕剑和八十一岁的邵燕祥，且带了几本私存书拟请二老题签。

不见剑翁已四年有半，不见邵公也三年有半，真的很想念了。

簋街

去京前为预订宾馆，小费思量。

座谈会安排在文学馆，剑翁住西直门，往邵公住的密云去要从东直门公交枢纽乘车，再加上从未涉足的地坛也在东直门附近，故从出行方便考虑，最后选中了东直门内大街上的一家“都市之星酒店”作为此次京城之行的住处。

从北京南站乘地铁，4 号线转 2 号线在东直门站出来，又坐 106 公交两站，回头步行不远即是酒店。刚住下，宁文的短信就来了，要我去惠新西街附近的信和轩酒店一聚。只好匆匆复乘地铁赶去，七绕八绕，总算到了。原来是《收藏家》杂志的唐吟方做东，在座者除宁文，还有从未谋面的眉睫和朱航满，但也都算是《开卷》同人，这样在无意中已渐入此行的主题了。

眉睫，微博上有过交流，知道他是研究废名的青年学者，不算陌生。这次才又知道其就职于海豚出版社，以前在湖北当过教师。朱航满的名字在《开卷》见过，唯唐吟方因宁文介绍时的南京话，一时没反应过来，其实也是有印象的。不过他是书艺界中人，与我们外汉毕竟隔着一条河，了解不多也难怪，见过面印象就深了一层：浙江海宁人，中央美院出身，闲书坊中《尺素趣》的作者。

三个人，吟方精干，眉睫壮硕，航满敦实，加上宁文之浑厚，真是各具风神。

话题杂七杂八，谷林的书信，吴小如的书法，吴伯箫的散文，黄裳的脾性，“闲书坊”的书名题写……不知不觉两三个钟头过去了。

回到住处，已近十点，不成想整条街霓虹灯照、马龙车水，兀自热闹不已。讶异中，沿街看取，方才惊觉此街另一街名——簋街！是的，簋街的大字招牌闪闪烁烁，还有径写“鬼街”者，也是奇大无比。又慢慢看出门道：整条街都是饭馆，饭馆的主打菜又多是麻辣小龙虾和羊蝎子，人气最旺的饭馆是“胡大”的若干分店。别的饭馆要靠小二的高声吆喝，唯独这“胡大”的几个店不用吆喝就门庭若市，且需要买号排队等候！你只要看到门前密密麻麻排满凳子、凳子上搁着葵花籽碟子、等候的客人一拨一拨嗑着瓜子儿挨号的，那准是“胡大”家的！“胡大”就这么牛！

我来北京多少回，这一带却不怎么熟，更不知东内大街和簋街的关联。所以一晚上我就在琢磨，簋街，谐音字不就是“鬼街”吗？街民们不忌讳么？会容忍自己住的地方叫这名儿？

第三日，友人西果君请吃晚饭，也定了街口上的“胡大”三分店，自己也成了簋街食客，小龙虾、大闸蟹吃个不亦乐乎。西果这才告诉我，簋街，原作鬼街，是过去拉死人棺材出城埋葬必经之地，现在则演变为京城的饮食一条街了。

回到杭州搜了下360百科，证明西果所言不虚。原来老北京各个城门各有所司，出兵走德胜门，杀犯人走宣武门，运木材和葬礼走东直门。早先东直门内有早市，后来这里开商店的都赔本，唯独开饭馆的总赚钱，结果饭馆越来越多，达到鳞次栉比盛况。而且，这些饭馆还都是白日冷清、夜晚红火，甚是奇异。以我住的三个晚上来看，正是这样。

故我当晚拍了若干簋街夜市照片，发了条微信，题曰：北京人民的幸福夜生活。

“最好的朋友”

26 日上午，我去西直门附近的银龄老年公寓拜望吕剑和赵宗珏先生。

他们原先住车公庄大街和展览路交叉口附近的外文局宿舍，2006 年底入住这所西城区办的老年公寓，位置在西内大街北草厂胡同南口，离他们原先的住处也不远。

顺便说一句，1949 年年初，吕剑正是从西直门随军进入北京城的。当年 10 月，他关于人军进城的通讯报告集《十月北京城》出版，这应该是中华人民共和国成立后最早的出版物之一。

上次来这里是 2010 年的春节期间，距现在已四年有半，我担心九十五岁的剑翁会认不出我了。因为每次打电话，总是宗珏先生接听，有时也讲到剑翁的情况，说是不怎么写字了。

而我，也许是过分担忧吧，总会把情况想得更糟糕一些：不管怎么说，毕竟是九十五岁的老人家了呀！

若干年前，我曾在济南旧书市淘到一册吕剑的《诗歌初集》，是吕剑早期诗作的第一个选本，故曰“初集”。此集由作家出版社 1954 年一版一印，如今虽属珍品，却一直没想到请作者题字留念。这次我把它带上了，奢望吕剑还能为之执笔签名。但也只是奢望，实则心里一点把握也没有。

记得过去到老年公寓，大厅是很空旷的，这次却看到满满当当。初始还以为临时被什么东西挤占了，走的时候从另一方向出来，宗珏先生才指给我看，原来大厅中间被搞成了图书室，一圈高高的书橱，加上桌椅电脑，可不就满满当当了。

从大厅右侧穿过，西头窗户朝南的 17 号就是二老所住的房间。敲开门，保姆小马招呼我进去，斜躺在南侧床上的宗珏先生忙坐起来，一边笑着招呼，一边过来迎接。步态较过去慢一些，但样子没怎么变。红底黑纹的衬衣，皮肤还是白里透红，显得很精神。剑翁则坐在北侧床边，见我进来，也放下手里正剥着的半根香蕉，我赶忙过去握住他的手自我介绍。见他只盯着我看，没说话，还以为他真认不出我了，没想到他放开我的手，却转身去拿过墙边的《吕剑诗钞》，打开它，现出书里夹着的我写给他的信，然后又示意要纸笔，小马赶快拿过纸、笔和眼镜递给剑翁。这时候，只见老人家慢慢戴上眼镜，把纸片铺在膝盖上，用水笔一笔一笔写出了我的名字，然后另起一行又写了五个字：“最好的朋友”！

这一刻，我真高兴，剑翁也笑了，伸出双臂来拥抱我，这还是我熟悉的吕剑先生呵！过去每次见面，都是这样热情地先拥抱一下的。

我拿出刚出版的小书《清谷书荫》给他看，第一篇《九十翁的诗文别集》就是写吕剑的。我告诉他书名是他的好朋友邵燕祥题写的，他似乎很满意，朝着我竖起了大拇指。看到他听力尚可，只是讲话不方便，我自顾说了不少想说的话，他也总有回应，有一句我是听清了，是说“老了，话也说不清了”。

这样，我就又拿出了那本纸页早已泛黄的《诗歌初集》，他看见现出很惊讶的样子，一边翻看一边说着什么，大概是说这么多年了，怎么还会买到这样的书呵？

开始时，他摆摆手表示不想签名了，旁边的宗珏先生就声援我：“你试一试，就签个名字。”又叫小马把吕剑搀扶到小圆桌边坐下，替他拿过笔和印章，于是，剑翁再次拿起笔写起来。让我感到意外的是，他并未简单地签名了事，而是先写出了我的笔名，在我还没反应过来时，后面的字已写出来了，原来是：“子张于杭州购得，可喜可贺。”这才又在下一行署上“吕剑”

二字，接着选了两个印章，一个是“吕剑”，一个是“一剑”，盖上，这才完事。

这真出乎我的意料，简直就像个小小的奇迹！何以如此？莫非是我过于矫情？不是的，因为在我印象中，从我三十年前与他结交，七十岁前后的吕剑就好像常在“病中”。事实上，进入 90 年代后，他也的确经常出入医院，我有两次就是在积水潭医院见他的。自然，常在“病中”，也许不过就是寻常的老年病，如他于旧体诗《半分园偶成》所咏“闭户养微疴”。然而于我，电话里、书信里得到的往往总是“负面”的消息居多，加之九十五周岁的高龄，四年半不曾谋面，我就不能不常常悬着一颗心，而为他眼前的“表现”拍案称奇。他还用手指在小圆桌上写出“九十七”“九十一”的字样给我看，可不是，吕剑已过了九十五周岁的生日，进入了九十六岁之年，按虚岁，真的是九十七了。宗珏先生生于 1924 年，虚岁九十一，也是事实。

怕他们太累，我要离开，剑翁拉着我的手不放，嘴里喃喃说着：“不走，不走！”听到老伴儿跟他解释：“他推我出去走走”，这才放开我。我推着轮椅出来，陪宗珏先生在外面小花园里走了两圈，她指给我看中间水池里的金鱼，说自己每天都还推着轮椅出来看看，一再说这个公寓环境和服务不错，比在自己家里好。到了公寓门口，她要看着我出门，我只好把轮椅停下，跟老人道别，一边挥手一边离开，心里真是依依不舍。

近十多年来，作为诗人的吕剑虽已淡出所谓“诗坛”，却为《开卷》《书友》《芳草地》等民间读书报刊的编者、作者所推重，成为读书人十分尊重的老前辈，不少书友以前往拜访、请其签名题字为荣耀。剑翁也乐于做一个民间读书人，常常把他一些意味绵长的短文给这些报刊发表。董宁文还为他出了三本书：《双剑集》《燕石集》和《吕剑诗文别集》。诗人之道不孤，这是令人欣慰的。

下午，在现代文学馆参加“开卷闲书坊”的首发和座谈活动，巧遇《芳草地》的执行主编谭宗远大兄，他还专门问我去看吕剑了没有，我说上午刚刚去过，宗远大兄热情地说：“好呵，文章写出来发给我！”

谨以此文告慰所有关心吕剑先生的书友。

2014 年 10 月 5 日

“开卷闲书坊”

此次来京的核心任务是应宁文之约，参加人民日报出版社出版的“问津文库·开卷闲书坊”首发暨品读会。

顺便说一句，“开卷闲书坊”是“开卷书坊”之外的新尝试，从策划到最终出炉，颇费周折。不过周折虽多，书还是如期印出来了，而且装帧设计和整体风格都出乎意外的好，每一册都赏心悦目。宁文把从《开卷闲话》到《开卷闲话八编》以来的序跋编为一册《开卷闲话序跋集》，书名由百岁老人周退密先生题签。画家许宏泉的《壹壹集》书名就很特别，是张充和先生题写。我的《清谷书荫》最初请邵燕祥先生题写时是“清谷书荫·签名本”七个字，后来宁文觉得前四个字已够好，遂照办，落款也是宁文帮我另加上的，这样就与整个系列保持了风格的统一。我跟宁文开玩笑说，留着“签名本”三个字下次用吧。

我早早打车来到现代文学馆，门口有关于“品读会”的指示牌，地方不难找，时间也早，就先在院里走走。这是第二度来现代文学馆了，第一次是为了吴伯箫的事与莱芜的朋友来访问舒乙馆长，时在2002年暑期，当时看了陈列馆，吃了工作餐，拍了一些照片。如今旧地重访，再次看到鲁迅、冰心、老舍、叶圣陶、曹禺塑像和巴金手印，当然还是亲切。不过从上次来，我就有一点美中不足之感，总觉得文学馆过于“主流”和“倾向性”了一些，算不上真正意义上的国家文学馆。弥勒佛尚能“大肚能容，容天下难容之事”，堂堂大国岂可没有“海纳百川”的雅量？

品读会到了不少文化、读书界的前辈和名流，或因为交通不便，直到快两点半才算开始。先是七位作者分别自我介绍，接着是与会诸方家各自不同的发言。但也许是大家对这套书都还不熟悉，所谈仍然侧重于与《开卷》的难忘书缘，也有的嘉宾由《开卷》联想到方方面面的阅读“问题”，如石湾先生就从人民文学出版社的出版风格谈及对当下“书画家很多而不读书”的忧虑，北大图书馆的姚伯岳先生则做了一番“自我检讨”，实则是对当代功利主义文化的反思。宗远先生的发言带着浓浓的“京味儿”，激情洋溢，关键词却只是一个“闲”字。记得发言的还有老诗人屠岸，翻译家文洁若、李文俊，学者陆文虎、王得后，以及《开卷》周围的书友朱航满、赵蘅、陈徒手、罗雪村等。

分别请屠岸、文洁若、王得后、李文俊先生在纪念册上写字留念，后面三位我都是第一次面见。

“闲书坊”的作者中，我与宁文最熟，宏泉兄是第二次见面。前些年，宏泉曾来杭州办画展，我们一起吃过晚饭。翌日我又专去湖滨唐云艺术馆观看了他的充满大自然生趣的画作，暗暗称奇。后来宏泉兄寄来他的几种散文随笔集，洋溢着对乡村的眷恋，细腻简洁的文笔，显然是一种“带根的文字”，颇契吾心。吟方、金小明、祁白水、老五都是初见。端在同“闲”，亦是缘分，在此记下一笔。

当日晚餐即在文学馆，与姚伯岳、鲁迅博物馆黄乔生先生同席，由此认识。为赶公交，余早早离席，乘车在地坛公园西门附近下车，然后花两块钱买了门票，西门进，南门出，穿越地坛，回到住处，读完了航满刚刚送我的一册《边缘·艺术》里他访云水山房的文章。

2015 年 1 月 5 日

云水山房访邵公

去京前数日，就跟邵公联系，把我要去北京并拟探访他的计划告知。邵公回信说他刚去密云，但争取在我抵京后回来见面，我回说不必那样，我直接去密云好了。忘了哪年了，我曾向邵公问过密云买房的事，他说只是个小套，经常会去住一段。

邵公发邮件告诉我去密云的路线，从哪儿坐公交，怎么转车，怎么找地标，十分周详。我就按这个线索坐上了东直门发往密云的快车，一个多小时后到达密云，过马路，再换乘另一辆公交，又差不多一个小时，到了。

一条环山公路，依山的一面是当地政府的院落，路南侧下方则是小区住宅楼，当时大约上午 10 时前后，朝阳正灿烂，头顶上的天一片深蓝，空气纯度甚高。沿着进入小区的路往前走，找到了邵公住的那座楼，原来是最东侧的单元，第四层，楼道已略显陈旧，墙上也有不少小广告。敲了几次门，无应答，正疑惑间，谢文秀先生却已从三楼走上来，我赶忙招呼。谢先生说，人在家里呢，可能听不见。

待进得门来，邵公果然在家。但因为在书房，加之耳背，故听不见敲门声，见我进来，始笑着走过来欢迎我，还跟谢先生解释何以没听见。谢先生忙着洗水果、沏茶，我就跟邵公坐在客厅沙发上开始聊天。他先问我吕剑的近况，我打开相机给他们看我拍的吕剑、赵宗珏照片，邵公说："赵宗珏没变样，吕剑好像胖了。"我说："可能脸上有点虚（浮肿），脑子很清楚，也认得我，就是说话有点困难。"邵公忙说："那可能是跟中风有关。"接着又谈论了一会我带去的《清谷书荫》，邵公觉得印得很好看，我遂怂恿他下次也加盟一本，他笑着说："书已杂七杂八出了一大堆，差不多了。"

邵公过去给我的书，只有一册没有签名，那就是牛津版的《别了，毛泽东》，这次我把它连同另外几本自己买的邵著带到北京，拟请"补签"。这样，接下来的一段时间，邵公就一本一本地签起来。事实上，我路上怕重，一共只带去五本书，邵公却在签名之外，还在其中三册上各写了一段话。比如这本《别了，毛泽东》写的是："这本赠书，子张称之为'待签本'，究竟当时为什么没有签字画押，也无法查考了。或因夏天出版，进口周折，到赠书时或已入秋，而我从七月份就发现心血管异常，直到‘十·一’前才得入住医院，节后手术，恍如重新获取一次生命。于兹七年过去，此书已出了修订本，得以据朱正等兄匡谬指示，改正诸多错讹。这里却不及备改，乞谅。燕祥午年仲秋。”

另一本《献给历史的情歌》，是1979年编选、翌年由人民文学出版社出版的邵燕祥复出后第一本诗选集。邵公看到这本书，开玩笑说：“你看这本书有点旧了，看来不少人借出来过。现在藏书界讲究的是‘品相’，实则品相越好，可能看的人越少吧？”因这本书原是我过去单位图书馆的藏书，也许是注销品被我买下，也许是我借了未还扣钱了事，也早记不清了，书后还有装借记卡的小牛皮纸袋。

邵公又新赠两本今年刚问世的书：江苏凤凰文艺出版社所出《一个戴灰帽子的人》，广东人民出版社所出《〈找灵魂〉补遗》。前书是邵公1960到1966这六七年间的个人回忆录，后书如书名所示，乃是对过去那本广西师大版《找灵魂》的“补遗”，共收入1947年、1948年、1967年三个年头所写而因为种种原因未收入集子的诗歌、小说和剧本。邵公特别提醒我注意1967年夏天写的四幕话剧剧本《二十七号岗》，在内封写道：“子张：请注意书中一九六七年夏写的剧本，那是一块反映了‘文化大革命’初期一种社会思潮、又反映了我某种心迹（主要是‘反右’前即为文反对官僚主义，‘反右’中则‘以反官僚主义为名反党反社会主义’）的历史化石。”

说着说着，谢先生已经把饭做好，招呼我们过去用午餐了。我也只好放弃装好汉的想法，不客气地“客随主便”，又跟邵公、谢先生边吃边聊了些轻松有趣的话题。不知怎么就说到了杭州的面食“片儿川”，邵公解释：“川，实际上可能是汆字。片儿，说明这种面食当初大概不是面条，而是面片儿。”这才叫我恍然大悟，自来杭州十余年，一直解不开这“片儿川”三字，现在总算明白了。

也还说到些杂七杂八的话题，这里且恕我少啰嗦几句吧。

离开云水山房，邵公执意要送我到公交站，说顺便也出去走走。邵公虽也进入耄耋之年，但我感觉除了有些耳背，腿脚还甚稳健。下楼梯、步行、爬坡，都一点不见老迈，语速虽慢，谈锋犹健，嘴里时时爆出警句和笑声。我们出门从右侧走，邵公说这是抄近道儿，他常走的。果然，穿过一个大院落，上了数十个大台阶，就到公路上了，眼看着一辆公交车快进站了，真巧！我都来不及多跟邵公说句告别的话，急急穿过公路，急急上车，坐下，这才回头向公路对面的邵先生招手作别……

车到密云换公交，回到东直门太阳还高着呢。

2015 年 1 月 10 日

再说一次再见

1985年春节期间，我第一次到北京，也是第一次拜见吕剑。当年春末，第二次京中出差，借机会上了长城。1989 年 4 月，在北京呆了非同寻常的十六七天。1993 年春节期间，第 N 次在北京，首访新文学第一代作家冰心老人。以后又去过几次北京，也说不清了。

可是，没有一次正经八百记述旅程。

这一次，短短四天不到，行程颇紧。除了上述种种，第四天上午我还再去地坛公园一趟，说实话，不过是为了见证一下史铁生写的那篇《我与地坛》，给自己留下点再读此文的联想空间。从地坛出来，顺着雍和宫西外墙走，折入国子监、孔庙那条窄路，正赶上孔庙祭孔仪式。那天好像正是孔子诞辰，满院子是人，排头一些不知何方神圣、号称嘉宾的现代人，接着是祭孔师器宇轩昂、震耳欲聋的宣教，周遭穿着劣质祭服的学生在那里挤眉弄眼，外面院子里大群的小学生却已打开带来的各式点心水果，大快朵颐。唉，可爱的夫子呀，你老人家世世代代人人都需要，唯一永垂不朽的人是你。

吃了午饭，在宾馆稍事休息，乘106公交赶到北京南站，上了回杭州的高铁。

北京，再向你说一声：再见！

2015年1月10日完稿于杭州午山

2015年5月20日，周三，南京，晴

昨日一早318路转地铁至东站，8点11分高铁，约10点到南京。与维强打车到南京师大出版社，门口恰逢苏州王稼句，二楼见王裕祥，一起至敬师楼入住，余在312。午餐时人已齐，北京赵国忠、嘉兴范笑我、湖州张建智、扬州韦明铧陆续来到。下午回出版社，论证裕祥起草《竹枝词》编辑出版规程，南京薛冰亦到，又有出版社张元卿及负责人。会议约两小时，主要是稼句、薛冰、笑我三人出主意，我等陪衬而已。晚餐在朱某火锅店，与宁文邀约的十五年纪念活动嘉宾汇合，两桌。餐后约侯璞来，在宾馆一楼茶厅聊天。侯璞是我的初中同学，原名卫东，热衷于书画投资。今早又送来画册，颇为前卫。

今早约工大学生、如今在南师大读硕士的周启星早餐、散步，该生热衷木心，毕业论文亦以此为题。

今上午在宾馆备课件《余秀华·汪国真·木心》，拟从“不同的人、不同的诗”角度介绍三位触动当代人敏感区的诗人，明日下午泰山学院讲。

11点半退房，午餐在师大对门一家面馆吃一碗熏鱼手擀面。稍事休息后打车赴应天大街388号凡德文化街区参加《开卷》十五年座谈会。先参观《开卷》十五年嘉宾题词，事先余应宁文之约，以“二十言为《开卷》寿”，没想到此一巴掌大的小纸竟被宁文装在一个大镜框中挂墙上，以后要好好练字了。

下午2点余转到外面大棚中茶话会，到场有四五十位，北京陈四益、王学泰、赵蘅，南京最多（董健、徐雁、俞律），上海陈子善、韦泱及《文学报》记者，江苏境内亦多，南通陈学勇、严晓星、沈文冲，无锡余新伟。

来客依次发言，余略说几句，大概是受木心启发，提出《开卷》是野生植物一说。野生，谓其民间性，植物，谓其没有侵略性，不似动物。其实这也是我对当下民间读书报刊的一种期待，保持民间的、植物的低姿态，千万不要建立起另一种权威式存在。子善对余发言给予好评：“子张说得好！《开卷》是野生植物，没有侵略性。”此后，亦有几位发言者由“植物性、侵略性”生发。

餐后打车回宾馆，又约南京师大赵普光君一见。然后打车到南京站，写此日记。23点59分1332次，马上到点了。

2015年5月21日，周四，泰安，晴

凌晨上火车，软卧上铺睡到早7时，7时半泰山站下车转14路公交回公安干校母亲家。家里干干净净、井井有条，阳台上成了小花园，七十八岁母亲很开心，一起吃早饭。泰安落落脚，与母亲扯扯家常，是必要的。母亲也再一次说到，你们近一些就好了，可以经常见见面，而又不一定天天住一起。

上午去青年路邮局将南京所收赠书以包裹形式寄屏峰校区。赠书主要是（以受赠顺序）：南师大出版社赠薛冰、王稼句、韦明铧分别写南京、苏州、扬州的书，又当面请作者签名。湖州张建智赠《绝版诗话》签名本；侯璞赠郭海平画集《精神的形状》；薛冰赠百花版《书生行止》签名本；徐雁赠海天版《纸老，书未黄》签名本；《开卷》赠《纸香墨润——当代学人墨迹选》精装手册。另有南京年轻书友夏雷鸣赠南师大版李希凡著《苦乐人生的轨迹》。

午休后乘49路小公交沿环山路到泰山学院，先到传媒与文学院见毕建模、赵强，随后毕陪同乘车到南校区为一年级讲座一个半小时，因晚饭时间到，未及互动，但学生表情尚生动。

晚饭在大河水库岸边某庄园，老同事十数人到场，于鸿远、张用蓬、闵军、李鹏、秦存刚、宋阜森、毕建模、赵强、张生，

另有我离开学院后到校的田成良、小庞。

2015年5月22日，周五，泰安晴，天津晴

上午在泰安家中与母亲聊天，午饭后乘37路公交到泰安高铁站，14点21分开，16点11分到天津站，地铁2号线鼓楼下，B口出，马路斜对面“夏日荷花”酒店入住516，在会务组见到李传新、王振良，振良显疲惫，将带来的小书两种呈送二位。

先步行至鼓楼附近看看，7时晚餐，与温州礼阳、韶毅等熟人和初次见面的朋友一一见过。又到几个房间与哈尔滨章海宁，济南自牧、徐明祥、于晓明，北京安武林，山东阿滢，廊坊李树德，成都朱晓剑，桐乡夏春锦聊天。

设想后天上午去北京看宗珏先生。

2015年5月26日，周二，晴

5月23日周六一早与同室绍兴人孙伟良打车去古文化街旧书摊，时间太短，只在一个摊儿上买了中华书局1954年9月初版《汉字的整理和简化》、作家出版社1964年1月第三次印刷刘白羽《红玛瑙集》，总共五块钱。不过，品相差了点，封面有折、污损。

当天上午随车到一个什么公园，就在一个展厅里，王振良主

持，陈子善说几句话，算是开场式，走走逛逛，就这么过去了。此间礼阳兄提议召集浙江来宾专门拍了合影，计十人上下，嘉兴子仪，诸暨周音莹，温州礼阳、韶毅，慈溪童银舫，桐乡夏春锦，绍兴孙伟良……

午餐后至问津书院，下午主题是“藏书票”和《开卷》十五年，蔡玉洗主持，八九人发言，发了一些书，关于来新夏的倒有八本：《来新夏随笔自选集》三本，《忆弢盦——来新夏先生纪念文集》两本，《萧山记忆——第八辑纪念来新夏先生专辑》和《一个人的一座城——来新夏著述专藏阅览馆研究》；另有阎伯群编《与山河同在——天津抗日杀奸团回忆录》等三种（均为王振良主编“天津记忆”丛书），李云飞编《方寸芸香——藏书票里的书故事》并附“第十三届全国读书年会纪念藏书票”两枚（崔文川），贾长华主编《图说滨海》（天津古籍出版社，2008年版），《问津》第三期，问津书院书签一套，以毛边本为主题的《参差》第一期（创刊号）。会场设民刊赠阅台，取济南《日记杂志》第一期（有吾《甲午巴金之旅》）、郑州文联《微博天下》、南京金陵图书馆《阅微》、绍兴《越问》、诸暨《越览》、慈溪《上林》、湖南文化厅《艺术中国》（有刊号）。

其他赠书：湖南人民版《书香余韵》（十二届读书年会），济南自牧赠《日记杂志》并书法一帧，山西沁源杨栋赠《吉羊集》

并书法一帧，济南徐明祥赠《潜庐藏书纪事》。

当晚组织乘船游海河、看夜景，与沈文冲谈《参差》。自己又去天津站看第二天去北京的城际列车，算来算去时间不充裕，最后放弃去看望宗珏先生的想法，打算暑期连同吴伯箫之事一起去。

24日周日早饭后与陈子善、周立民打车再去古文化街逛书摊，子善手疾眼快，立民穷追不舍，皆有斩获。余十元购得李健吾译巴尔扎克《司汤达研究》（1950年平明初版），又十元购得三联1986年二印房龙《宽容》，两元本许鼎新《希伯来民族简史》，一元本人民版1955年初版《关于胡风反革命集团的材料》。随后即回宾馆收拾，到鼓楼简单用过午餐（名不副实的“狗不理”包子），买了车上吃的馅饼，即乘地铁到天津南站。15点41分开，21点15分到杭州东站。

25日周一上午开车去留下邮局取回泰安图书包裹，到屏峰用餐，下午课四节，回之江，再去朝晖。晚健行学院博雅论文第二拨六人答辩。住旺盛。

今上午开始看杭师大硕研论文，午餐后到图书馆又看完健行学院“经典导读”结业论文10篇并回复邮件。回旅馆读完索福克勒斯《俄狄浦斯王》剧本。晚餐后公交回之江。

接桐乡夏春锦电话，邀为文集撰序。2015年10月4日接振良催稿通知，即刻整理如上，杭州午山小雨。

那年

那年临近春节，我突发奇想，要去北京过年。

我已经二十四岁了，还从没去过北京，好像也还没在外地过年的经验，这大概是让我动念的重要缘由。除此之外，我二弟正在北大法律系读大二，寒假回家腾出了宿舍床铺；还有，有三位在北京的莱芜籍文化前辈让我牵挂，早就想去拜访了。

跟父母和二弟商量好，就带上二弟宿舍的钥匙乘夜车到了北京。出站时天还没亮，往左走，不久就看到了暗黄色灯光下的北京胡同的灰墙，心里一阵激动：嗨！北京，我来看你了。

北京大！海淀大！北大也大！大到让我一时迷了方向。在北大的数天里，我一直没搞清哪是南哪是北。宫殿式的大屋檐，未名湖边的砖塔，校园里随处可见而又像是被遗弃的破烂自行车，给我留下了最初的北大印象。

二弟宿舍有一位陕西籍的李战良没走，成了我那几天唯一结识的北大学生。除夕那天，他为我领来学校发给留校生的除夕餐券，让我吃上了北大的年夜饭。自然，热闹是没有的，留校的学生似乎都不怎么看重过年，校园里平平静静，也听不到鞭炮声。

大年初一，我去了北京工人体育馆，观看这年春节联欢晚会的日场演出。虽说节目总体上也不甚好，可现场效果总比坐在电视机前强得多。香港歌手周峰出场时的衣装和灯光音响效果，配上那首略带感伤的思乡之歌，还是相当有气氛的。另外一个还记得的节目就是陈佩斯、朱时茂的小品“吃面条”。

初二一大早，我到展览路“半分园”给老诗人吕剑拜年。我们一年前开始通信，现在是第一次见面，吕剑先生见到我很是高兴，一定要留饭，且斟上了醇香的茅台酒与我“干杯”，还津津有味地吃着我带去的莱芜煎饼，啧啧称好。他的老伴赵宗珏告诉我：“这个莱芜煎饼好像跟原来吃过的不太一样。”我说：“这是小米面做的，在煎饼中算是比较讲究的。”可惜那第一次的拜访没留下照片，记得我外面穿了一件军大衣，里头是一件黑色条绒的棉外套，吕剑先生刚过了六十六岁，也刚刚离休，热情而健谈。

散文家吴伯箫是我说的第二位莱芜籍前辈，不过他在三年前就去世了，在他住院期间我曾给他写过信，没收到回复。这次我想和他的家人见个面，于是就在另一天找到景山东街人教社他的住处，他的小儿子吴光玮接待了我，告诉我一些老人家去世前的情况，说我写信的时候老人已卧床不起，根本没办法回信了。那天我走进院中，首先看到的是东厢房还在熟睡的吴老的叔父，进正屋首先看到的则是吴老夫人郭静君和他们的大女儿吴海妮。

第三位前辈是明史专家王毓铨先生。因为此前从未联系，临时找就没能找到，倒是从二弟借自北大图书馆的书里看到了他的《莱芜集》，于是那几天回到宿舍就读这本书，还顺手在最末一篇空白处写了几句读后感，导致开学后还不上，由二弟另买一册补上了事。

我还就近去了颐和园和圆明园旧址，圆明园的荒废给了我灵感，现场酝酿出数行小诗。又在前门大街的中国书店买了几册不算旧书的旧书，吃了几顿北京风味的饭食。浓香浓香的豆汁儿，大块牛肉的朝鲜冷面，冰凉的瓶装酸奶，都是第一次品尝。

那是农历戊寅牛年的春节，公历1985年的2月，我第一次去北京，第一次没在山东家里过年。

到今天整三十一年了。

2016年1月10日于杭州午山

虚实雁荡山

乐清学者许宗斌先生去年辞世后，经礼阳兄设法赐下许先生著述多种，我才第一次有机会近距离从文字里看到这位勤奋的文学家兼优秀学者的侧影。照说，许先生写了那么多文学作品，从我本行的角度，理应早识其人，却竟然永远失去了这样的机会。这一方面意味着温州地区当代文化的卧虎藏龙态势，另一方面也又一次说明了自己的孤陋寡闻。言及此，不胜怅惜。

许先生丰富的文学成果和学术著作，我一时无从消化而获得较为完整准确的印象，就先拿出一册《雁荡山笔记》拜读了其中不少篇什。因为除了雁荡山，我对乐清的其他方面实在陌生，与许先生写到的乐清人事也有相当的距离，唯独雁荡山因为造访过一两回，又对礼阳兄校注的蒋叔南《雁荡山志》留有些许印象，自然就对这本《雁荡山笔记》产生了亲切感。另外，对于雁荡山，我一直也抱持着一个疑问，就是对“雁荡”山名的确切含义不甚了解。得之于一些文字介绍的“雁荡”也罢，还是望文生义的印象也罢，似乎都与“雁”和“荡”相关，故而致使我对雁荡山的某种想象中，就有了高高的山巅有一处烟水迷蒙的水泊这样的画面，那是带着真正的神奇、梦幻色彩的地方，比我家乡的水泊梁山应该更神秘也更富有诗意的地方。再核对蒋叔南《雁荡山志·命名》之“山顶有湖，雁常宿焉，为此山特异之处。用以命名，最为确当”，或《雁荡新便览》之“雁荡山在乐清县东乡，其西出支峰顶上有湖，中多苇芦，其实荡也，秋雁宿之，境界奇特，故以为全山之名称，曰雁荡，所谓以鸟名山也”，如此一来，自然更强化了我这种诗意的想象。

可我去过的雁荡山，山固有之，水固有之，唯独这烟水迷蒙的“雁荡”从未现出它神秘的面纱。是我的足迹不够高远？还是地貌有了古今的变迁？这成了我心中一个时隐时现的谜团。

且说数年前有温州之行，其间又安排了雁荡山之旅，我于兴奋中也怀揣一份期待，希望借此机会实地看看真实的“雁”与“荡”，证实这诗意的山名之名实相副。我随诗友凯风循路前行，但见山门开处，峰峦叠嶂，百态千姿。越往里走，峰之奇突、谷之神秀越发让人目不暇接，尤其是那几为雁荡标识的合掌峰更是给人“造化钟神秀，阴阳割昏晓”之感。我是东岳山下人，见惯了泰山之雄浑一体的磅礴大气，对雁荡山显露出的几许温婉灵秀殊觉新鲜，尽管又觉得略逊黄山一筹。雁荡之水，以大龙湫最为知名，百丈青峰之上，素练高悬，不绝如缕的活水飞湍直下到青碧的深潭中，又予人“荡胸生层云，决眦入归鸟”般的内心冲击，对此我也不能不有些叹为观止。可是，那山名中给我以神秘诱惑的雁荡呢？那直到如今还写在导游词中的“芦苇茂密，结草为荡”的所谓雁荡山之特有风貌呢？直到旅游近乎尾声，直到主人带我等踏上回程之路，我还是没看到最想看到的烟水迷蒙之雁湖水泊。莫非是安排的行程中没有这项内容？又莫非是通往山顶雁荡的路不便于通行？返回的路上，我犹自如此这般地悬想不已。

如今读许著，才从前前后后几篇文字的联系中看出些许眉目，大略知道了这“雁荡”二字的虚实。

所谓虚，就是经许先生提醒，那最早解释雁荡山名为“绝顶上有大湖”的元人李孝光，其实也未必真的实地考察过，所依据的不过是“长老相传”，以至于此后的《浙江通志》《雁荡山志》均沿用此说。

所谓实，是许先生先引述了明人徐霞客实地考察“雁湖”之后的结论，即所谓“雁湖”不过是条条山脊“夹处汇而成洼者”凡六处，继而又在个人“三宿湖冈”而只找到三处“洼”

的基础上作了较为清晰的描述，即“最大的东洼，芦荻瑟瑟，尚有几分徐霞客描述的样子，只是不见雁影”。可见这“雁荡”之名虽大有诗意，到底还是相传的成分多，实际的成分少，在相传和实地考察的二者当中，我们当然应以实地考察的结果为第一依据，再参以较为可信的历史文献，方能做出相对合理的解释。

其实从该书“附录”1997年所作《说雁荡》一文，也已经看到许先生对雁湖“终成涸泽”的表述。仅此一端，可知许先生在乐清文史方面之用心用功。

顺便再插一言，如若一般游客也有探探虚实的好奇心，不妨从现有网络图片中搜搜关于雁荡山景的图片，看看搜索结果中到底有没有想象中、梦幻中的山顶雁湖芦荡？当然了，如若不想打破预设的幻景，那就还是不必抱着科学考察的目的去追根究底。怀着梦幻去，带着诗意归，则雁荡还是雁荡，即使看不到，幻美之旅也会带给你恒久的美好记忆。

此外，书中关于雁荡开山祖师的有趣提议和由昭明寺古碑引发的理性议论，也让我感受到许先生的治学风格，那就是不同于常人乡情至上、因情越理的思路，而能保有一种现代学人的求实态度，将一己的观点建立在扎扎实实的考证、考辨基础上，这才是从事地方志研究最该具备的品格。故而，读到《沈括〈雁荡山〉一文引出的几重公案》一类平实有致的短文，特别是“如果为了感情而不顾事实，那也是不可取的。像所谓昭明寺古碑，明明前人已做了有根有据的否定，现在仍有许多人在津津乐道，以此作为雁荡山开于南北朝的证据之一，这就是不顾事实，难免贻笑大方”这样的议论，心里是感觉愉快和亲切的。

2016 年 4 月 24 日于杭州午山

七月甘旅

“七月”者，2016年7月17日至22日也。“甘旅”者，甘肃、甘州之旅也，与余光中《山东甘旅》之“甘旅”意殊不同。

90年代走陇海线、兰新线到新疆探亲多少回，张掖乃必经之地，可从未专门下车探访，只在2000年暑假那次在嘉峪关朋友家住了一夜，又到敦煌住一夜，走马观花地观赏了月牙泉、莫高窟。曾经想，有嘉峪关、莫高窟在我心中，金张掖、银武威不看也罢。其实主要还是没有特别的机缘才这么说说的。

可就算有了机缘也未必一定能去，一来怕奔波，二来怕热闹，迟迟未决，直到会期临近才最终定下来。巧的是，我与浙江书友们买的同是从上海到张掖西的直快火车，只是时间差几个小时而已。温州礼阳兄则另行前往。

未到张掖，先知丹霞，这是本次“甘旅”的第一个收获，因为第一次知道丹霞地貌这个概念。有了这个概念，再看兰州西部那些红黄灰色彩斑斓的山色，心里就有数了，故在车上看到一枝的微信，就随手写了几句：

车到兰州西，丹霞山色奇。
朱砂红热烈，大麦黄依稀。
顶戴莲花帽，身披喇嘛衣。
自然藏大美，熠熠使人迷。

其实这还只是“小美”，到了张掖，第二日全天会议之后，第三天大家就见识了那些令人目眩的真正的丹霞地貌。原来这正是张掖独特的野外景色，且因为会议主办者的努力，出席年会的三大车书友除了常规开放的“七彩”景区，还特别有机会深入到较少开放的“冰沟”景区，七彩夺目，冰沟火炽，大自然的神奇直教人惊叹不已。作为回报，几位擅长书法的宾客如蔡总、稼句等皆留下了诗文，不佞也把火车上构想的小诗写在一张小小的笺纸上，略表纪念而已。

从丹霞出来，翻过几座“毛发”稀少的秃山，经过一段正在施工的盘山公路，突然就看到了完全不同的另一番景观，原来是进入了属于裕固族聚居区的康乐草原。草原，我曾见识过新疆巩乃斯牧场、巴音布鲁克草原和内蒙包头附近的草原，见到这里的草场倒也不觉得多么惊讶，惊讶的是这片青绿色的草场是如何与周围完全不同的戈壁和谐共处的？是哪个上帝之手创造了这片荒野中的绿洲？

上帝为张掖创造的神奇还有。第三日上午，主人带我们游览了地处市郊的湿地公园。开始我没觉得神奇，因为成片的高楼就在湿地边缘，我还跟浙江的书友表示此地的湿地应该不会比杭州的西溪湿地大，可待到坐上电瓶车往湿地深处逛了一圈之后，我改变了看法。再回到市内瞻仰了大佛寺中巨大无伦的慈蔼睡佛，内心的神奇感迅速膨胀起来了，当即在个人的微信上发布了一副语体对联，以表示我对张掖人的羡慕，联曰：

张掖有这么大一片湿地何愁生态；
甘州睡如许久千载卧佛足够吉祥。

景致迷人如此，让我把这次来的真正主题几乎置之脑后了。所谓真正主题，自然是书，大家是来开关于读书的会议的呀，好在我坚信每位书友都会详加记述，为免于流水账之讥，且容我只捡几片花瓣略加展示。

一本书。杜鱼编的天津年会的文集，近七百页，又是一项记录。编者关于此书的几句解释颇有趣："发现大家对同一件事的记录差异颇大，这里似乎显示了人的记忆与书写的秘密。"这句话很有点学术味道了，故我觉得有趣。还有，该书第一篇长沙吴昕孺君文中提及不佞与昕孺之间一则“往事”，让我殊觉光荣，同时又觉抱愧。盖彼时我们尚不相识，以读者来信形式向宁文“打小报告”而被收入“开卷闲话”，实在是教书匠积习所致，务祈昕孺君勿怪我唐突。

藏书票。这玩意儿原先不曾接触，感谢自己不随便扔东西的好习惯，我突然想起至少从上海年会开始，都有长安崔文川君设计的纪念性藏书票，这次会议仍然有，且又专门为崔君安排了一次个展。我虽然不甚懂，还是看得津津有味，方寸之间，美不胜收，以后当注意深入一点观察。此外，“海上博雅论坛百期纪念”藏书票我亦有幸得见，这得感谢上海的新文学版本专家克希先生，而此行又有一位倪建明先生，据闻亦为藏书票设计名家。

一席话。除了跟熟悉或新识的书友会上会下交流，似乎跟蔡玉洗先生在房间里、在车上说的话较多。算来我与蔡总还是南大的校友，但以前开会并未多聊，这当然怪我疏懒的坏毛病，不过原也正常，读书年会的风格向来是松散随意，喜欢说话的尽管彻夜长谈，喜欢安静的尽可以早早睡觉或挑灯夜读，并没有大会主席指定必须发言的规矩。这次我要找蔡总聊，是因为突然想到他最早与南京几位书友创设年会的初衷，想梳理一下这十几年来它的运行轨迹，当然也会设想它以后的运行趋势。

从蔡总的表述看，他显然是乐观的。其实，我倒想建议每届年会不妨组织一次小型的主题讨论，哪怕是摆个地摊儿也行，就是专门听听大家对年会的意见和建议，不见得有什么结论，主要是提醒大家于淘书会友之余，关注一下年会的议程设置和举办形式，最好不要迷迷瞪瞪走到庙堂或者帮会里去。

争会。从来只见争财产，未闻纷纷争会办。奇怪的是，读书会还真是有多家在争，甚至连第20届也列入计划了。结果是：四家争，一家赢，浙江诸暨一枝独秀。

本来可记的细节尚有不少，想了想，还是决定从略，上百位书友，记谁不记谁呢？有些个别交谈，还是将来写到“回忆录”里为好。

又，我的“七月甘旅”还包括回程中的西安、延安两日游，既然不涉“甘”，也就在此惜墨吧。

这回没写年会日记，只好回到家里专文略记以付晓剑君。

2016年7月25日星期一，杭州午山大热中

又：赴甘前夜因感于会议主办者辛劳，以拙句数行付岳年先生略表慰问，并附录于此存念：

曾折阳关柳，又赋张掖行。
犹记问津夜，海河灯火明。
甘州风雅处，代有读书声。
盛会盈宾客，皓月正当空。

盖 7 月 18 日夜恰好是夏历六月十五夜，若天气好的话，自当为满月之夜。可惜那天晚上，完全把这事忽略了，竟忘了到楼外去看一眼。

《入浙随缘录》跋

已不记得与子张先生相识的确切时间，但最早应该是给他寄赠拙编《梧桐影》，从此你来我往，日渐熟识，就成了虽不常见面却总能彼此惦记的少数几位师友之一。

我是先读了子张先生的文字，而后才见到本尊的。无论是他的文，还是他的人，都给我留下温文尔雅、平实蕴藉的印象。其文其人，正是“文如其人”的一例。

这种文风在一般人身上倒也不稀奇，但子张身处象牙塔高处，是研究现当代文学的专家教授，能放下身段，不故作高深，正是我所愿意亲近他的原因。他之前也曾按照学院派的套路编纂过相关著述，这些书他过去也有惠赠与我，但说实在的，只翻过几篇，多数并没有引起我太大的阅读兴趣。非无价值也，是过于模式化的要求磨平了一己的个性，单见其摆开的架势就有点吓人。与此相比，我更愿意阅读显示着子张个性和志趣的文字，从《一些书一些人》《清谷书荫》《人在字里行间》，再到这一册《入浙随缘录》，让我们看到了一个性情毕现的子张。

本书分作四辑：“逢人录”、“闻铎录”、“览书录”和“行脚录”。先说“闻铎录”。该辑集中写木心，本应是“逢人录”的范畴，只因篇幅较多，所以单列一辑，从中可见作者近年的学术兴趣点。木心是我与子张先生共同的关注对象，我因过去主要关注古代文学，兴趣转移后，时常会就有关问题向几位专攻现当代文学的前辈学者请教，子张就是其中常常被我叨扰的一位。木心研究在国内才刚刚起步，与多数老于世故的学院派专家持观望态度不同，子张对木心虽然也有过从“欲近又止”到“再度拿起”的过程，但他前后的态度是自然而真诚的，花下的功夫也是着实惊人的。子张视木心甚高，认为是20世纪中国文学的最后一位大家，我一直期待他写出更多更深入地谈论木心的文章。但在与自己“精神气质上最觉默契”的这个研究对象面前，他却常常心存敬畏，无从下手，以致到目前为止，我们只能看到这一辑中有数的几个零篇。

子张与我一样都没有见过木心本人，但他比我幸运，不仅亲炙过冰心、施蛰存、蔡其矫、牛汉、流沙河、钟叔河、邵燕祥等一大批令人景仰的文化老人，还与诗人吕剑成为忘年交，书信往还，交流甚密。还有那些我们都无缘得见的徐志摩、张爱玲、叶圣陶、杨绛、吴冠中等等，但这无碍于子张通过阅读他们的著作来走近他们、发现他们。“逢人录”在木心之外，揭开了子张先生更加深广的学术视野的一角，而在其与前辈的君子之交中，子张自己的为人处事之道也暴露无遗。

最后两辑是子张先生书斋与行旅两种生活的实录。“览书录”中有两篇文章的写作时间竟然在我出生之前的 1983 年，那时的作者刚刚二十出头。由此可知，其文风的转变并非一时的心血来潮，而是有意无意的返璞归真了。“行脚录”并非简单的游山玩水，应是作者自然天性的回归。既有传统文人寄情山水的余韵，又时时着眼于文化层面的考察，闲庭信步，漫笔成章，以山水呼应诗文，于无字句处寻求寄托，往往能涉笔成趣，令人抚掌，解颐。

在这些文字中，我们所领略到的是，子张先生性格中学者理性与文人情怀发生光合作用后所形成的行文特质。对人对书对山水，他既带着情感去审视，又能做到客观持正，不感情用事。比如在谈到一些人对钱钟书、杨绛的“追讨”时指出：“在浑浊之世，钱、杨既没有以权谋私，也没有对任何人落井下石，几乎没有任何超越道德底线的行为，洁身自好四字足以当之。况且，钱、杨反反复复表明了自己读书人的个人选择，为何一定要逼着他们做他们不喜欢、不擅长做的事呢！”这种体己而又公允的评议贯穿全书，正是子张为文的个性所在。

此书稿初编之时由于时间仓促，体例上颇有些凌乱。后经我建议，改作按内容分辑，通过目录不仅读者可以对其内容一目了然，全书的特色亦颇为鲜明起来。从中不又见出子张先生的虚怀若谷吗？

拉杂写来，狗尾续貂，以应子张先生之命。时值六一儿童节，言语中如有放肆之处，权当是童言无忌吧。

是为跋。

夏春锦

定稿于 2018 年儿童节